源平の武将歌人

Genpei no Busho Kajin

上宇都ゆりほ

コレクション日本歌人選047
Collected Works of Japanese Poets

笠間書院

『源平の武将歌人』——目次

01 中々に言ひも放たで（源頼光）… 2
02 木の葉散る宿は聞き分く（源頼実）… 4
03 夏山の楢の葉そよぐ（源頼綱）… 6
04 吹く風をなこその関と（源義家）… 8
05 思ふとはつみ知らせてき（源仲正）… 10
06 もろともに見し人もなき（同）… 12
07 有明の月も明石の（平忠盛）… 14
08 うれしとも中々なれば（同）… 16
09 思ひきや雲居の月を（同）… 18
10 またも来ん秋を待つべき（同）… 20
11 深山木のその梢とも（源頼政）… 22
12 人知れぬ大内山の（同）… 24
13 庭の面はまだかわかぬに（同）… 26
14 埋もれ木の花咲くことも（同）… 28
15 卵ぞよ帰りはてなば（平清盛）… 30
16 家の風吹くともみえぬ（平経盛）… 32
17 いかにせむ御垣が原に（同）… 34
18 今ぞ知る御裳濯河の（平時子）… 36
19 燃え出づるも枯るるも同じ（祇王）… 38
20 眺むれば濡るる袂に（源仲綱）… 40
21 恋しくは来てもみよかし（同）… 42
22 伊勢武者はみな緋縅の（同）… 44
23 今日までもあればあるかの（平教盛）… 46
24 返り来む事は堅田に（平時忠）… 48
25 墨染めの衣の色と（平重盛）… 50
26 浄土にも剛のものとや（熊谷直実）… 52
27 さざ波や志賀の都は（平忠度）… 54
28 行き暮れて木の下蔭を（同）… 56
29 いづくにか月は光を（平親宗）… 58
30 都をば今日を限りの（平宗盛）… 60
31 源は同じ流れぞ（源頼朝）… 62
32 陸奥の言はで忍ぶは（同）… 64

33 和泉なる信太の森の（同）…66
34 散るぞ憂き思へば風も（平経正）…68
35 千早振る神に祈りの（同）…70
36 住み馴れし都の方は（平知盛）…72
37 思ひきや深山の奥に（建礼門院徳子）…74
38 澄みかはる月を見つつぞ（平重衡）…76
39 住み馴れし古き都の（同）…78
40 積もるとも五重の雲は（北条政子）…80
41 いづくとも知らぬ逢瀬の（平維盛）…82
42 生まれては終に死ぬてふ（同）…84
43 六道の道の衢に（武蔵坊弁慶）…86
44 思ふより友を失ふ（源義経）…88
45 ある程があるにもあらぬ（平資盛）…90
46 流れての名だにも止まれ（平行盛）…92
47 昨日こそ浅間は降らめ（梶原景季）…94
48 しづやしづ倭文の苧環（静御前）…96
49 宇津の山現にてまた（宇都宮頼綱）…98
50 我が来つる道の草葉や（源義高）…100

源平の武将歌人概観…103
略年譜…104
解説 「超越する和歌――「武者ノ世」に継承された共同体意識」――上宇都ゆりほ…106
読書案内…112
【付録エッセイ】平家物語（抄）――小林秀雄…114

凡例

一、本書には、源平の武将の歌四十五首に加え、周辺の女性たちの歌五首を載せた。

一、本書は、源平の武将の歌を中心とする武将たちの文芸一般について概観することを目的とし、歌が彼等の世界で果たした役割という点に特に重点をおいた。

一、本書は、次の項目からなる。「作品本文」「出典」「口語訳」「閲歴」「鑑賞」「脚注」・「概観」「人物一覧」「筆者解説」「読書案内」「付録エッセイ」。

一、採り上げた人物が複数にわたるので、それぞれの人物の事跡を口語訳のあとに【閲歴】として簡略に示した。

一、作品本文は、歌集類は『新編国歌大観』に従い、その他物語類については依拠した資料名をそれぞれ別個に掲げた。また適宜漢字をあてて読みやすくした。

一、鑑賞は、一作品につき見開き二ページを当てた。

源平の武将歌人

01

中々《なかなか》に言《い》ひも放《はな》たで信濃《しなの》なる木曾路《きそぢ》の橋《はし》のかけたるやなぞ

源《みなもとの》　頼光《よりみつ》

【出典】拾遺和歌集・恋・八六五、三奏本金葉和歌集・恋・四〇三

曖昧に濁《にご》して好意なのか拒絶なのかもはっきり言わないで、信濃の木曾路の橋のように、こちらが思いを懸けるまま放《ほう》っておくなんて、いったいあなたの本当の気持ちはどうなのですか。

【閲歴】天暦《てんりゃく》二年（九四八）生まれか。鎮守府将軍《ちんじゅふしょうぐん》源満仲《みなもとのみつなか》の長男。幼名文殊丸《もんじゅまる》。清和《せいわ》源氏の流れを汲み、父満仲が摂津国《せっつのくに》多田庄《ただのしょう》に武士団を形成したことを踏まえて、武門の家として藤原道長《ふじわらのみちなが》ら摂関家《せっかんけ》に奉仕し、道長の異母兄である藤原道綱《みちつな》を娘婿に迎えた。長和《ちょうわ》五年（一〇一六）、六十九歳のとき、武士として初めて昇殿《しょうでん》を許される。その武勇は、渡辺綱《わたなべのつな》らの四天王を従えて大江山《おおえやま》の鬼退治をしたことで知られる御伽草子《おとぎぞうし》の『酒呑童子《しゅてんどうじ》』や、一条戻り橋《いちじょうもどりばし》の鬼退治として有名な羅生門《らしょうもん》伝説など多くの説話で語られる。治安《じあん》元年（一〇二一）没。享年七十四歳か。

長保《ちょうほう》三年（一〇〇一）から寛弘《かんこう》四年（一〇〇七）、頼光五十四歳から六十歳までの間に詠まれた作である。

頼光は、*大江山の酒呑童子《しゅてんどうじ》の鬼退治などにおいて、*渡辺綱たち四天王を率《ひき》いた武勇伝で著名な武将である。実際には、頼光は諸国の受領《ずりょう》を歴任し、藤

【詞書】語《かた》らひける人《ひと》のつれなく侍《はべ》りければ、さすがに言ひも放たざりけるに遣《つか》はしける（金葉集）。

【語釈】○中々に―中途半端

原道長に警護と財力によって奉仕しており、京都と地方、貴族と武士の双方の性格を併せ持った人物であった。この歌には、そうした頼光の貴族的側面と、地方に土着する武士的側面が同居的に表されている。

危険な橋を渡ることを恋のあやうさにたとえる手法は、奈良の葛城《かつらぎ》にある「久米路《くめぢ》の橋」が歌枕として古来より多く詠まれていたが、木曾路の橋を詠み込んだのは、この頼光の作品が初出である。そこには、美濃守《みののかみ》として現地に赴《おもむ》いた経験が活《い》かされているだろう。都人《みやこびと》たちは、木曾路を想像し、崖から滑落《かつらく》する危険なイメージをかきたてられたに違いない。

頼光の和歌は、この作品の他に、『後拾遺集《ごしゆういしゆう》』に「かくなむと海士《あま》の漁《いさ》り火《び》ほのめかせ磯辺《いそべ》の波の折《をり》もよからば」の一首と、『拾遺集』に妻である平《たいらの》惟仲《これなか》の娘との連歌《れんが》形式の一首が遺《のこ》されている。この女性との間にできた娘は歌人として有名な相模《さがみ》と言われ、また別の娘は、藤原道長の異母兄で*藤原倫《とも》寧《やす》の娘が産んだ藤原道綱《みちつな》と結婚している。

この作品は、信濃の歌枕《うたまくら》として参考にされ、歌人たちに大きな影響を与えた。木曾路は、頼光が鬼退治をしたと伝えられる大江山と同様に、エキゾチックな場所として、頼光の武勇伝と軌《き》を一《いつ》に物語化されたものと思われる。

に。曖昧に。〇木曾路の橋―信濃国の歌枕。難所として知られた。「かけ」を導く序詞。〇かけたる―橋を「架ける」に思いを「懸ける」の「かけ」を掛ける。

*大江山の酒呑童子の鬼退治―源頼光が渡辺綱・坂田公時《さかたのきんとき》などの四天王を従えて、大江山の酒呑童子を討伐した説話。

*渡辺綱―源満仲の娘婿である源敦《あつし》の養子となり、源頼光に仕えた。一条戻り橋で、鬼の腕を切り取った説話が伝わる（九五三―一〇二五）。

*藤原倫寧の娘―藤原兼家《かねいえ》との結婚生活などを綴った歌日記『蜻蛉《かげろう》日記』の作者（九三六―？）。

02

木《こ》の葉《は》散《ち》る宿《やど》は聞《き》き分《わ》くことぞなき時雨《しぐれ》する夜《よ》も時雨《しぐれ》せぬ夜《よ》も

源 頼実《みなもとのよりざね》

【出典】後拾遺和歌集・冬・三八二、故《こ》侍中左《じちゅうさ》金《きん》吾集《ごしゅう》（頼実集）九三

木の葉がはらはらと散っている宿では、木の葉なのか時雨《しぐれ》の音なのか聞き分けることができないことであるよ。時雨が降る夜も、時雨が降らない夜も。

【閲歴】長和《ちょうわ》四年（一〇一五）生まれ。美濃守《みののかみ》 源 頼国《みなもとのよりくに》の子で、01でみた頼光の孫に当たる。03でみる頼綱《よりつな》の異母兄。武士として従五位下《じゅごいげ》左衛門尉蔵人《さえもんのじょうくろうど》に至るが、寛徳《かんとく》元年（一〇四四）、三十歳で夭逝《ようせい》した。和歌の名手であり、受領《ずりょう》階級の歌人からなる和歌六人党《わかろくにんとう》の一人に数えられた。家集に『故侍中左金吾集（頼実集）』がある。

【詞書】落葉雨ノ如シといふ心を詠める（後拾遺集）。

【語釈】○聞き分くこと―落ち葉と雨とを聞き分けること。

寛徳元年（一〇四四）、頼実が三十歳で夭逝する前数年の間に詠まれた作か。

三句切れで倒置法《とうちほう》が用いられ、下《しも》の句の同語の繰り返しによる余韻《よいん》が印象的な歌である。木の葉が散る音は、宿の閑寂《かんじゃく》さと、木の葉の音に聴き入っている作中主体の孤独で清明《せいめい》な内的世界を象徴させる。

この和歌は、詠まれた当時から絶賛され、後世の歌人たちにも大きな影響

を与えた。それほどの評価を得た歌を詠みながら、頼実が三十歳という若さで夭逝したことが人々に大きな衝撃を与えたのであろう。命と引き換えにこの歌を得たという説話が、『*袋草紙《ふくろぞうし》』や『*今鏡《いまかがみ》』などの多くの説話集に語られることになった。

*住吉《すみよし》の神に「寿命のうちの五年と引き換えに、わが名を世に知らしめるほどの秀歌を詠ませてください」と祈願し、この歌を得ることができた。その後、重い病気にかかったので、その回復を神に祈ったところ、住吉の神が家の下女に取り憑《つ》いて、「五年の命と引き換えに、あの歌を詠ませたのだから、これ以上生きることはできない」という託宣《たくせん》があったという。

住吉の神は、軍神であり武芸の神であった。さらに*多田満仲《ただのみつなか》が摂津《せっつ》を本拠地として以来、住吉大社《すみよしたいしゃ》の神官と摂津源氏とは姻戚《いんせき》関係にもあった。また、都の貴族からは、和歌の神として厚く信仰された。そのような背景から、頼実は源氏の守護神である住吉の神に秀歌を祈ったのである。

命と和歌を引き換えにした頼実は、武芸とは無縁の人物として語られるが、説話の背景には、実は摂津源氏のこうした歴史が色濃く反映されているのである。

*袋草紙—平安後期の歌論・和歌説話集。作者は藤原清《きよ》輔《すけ》。

*今鏡—平安末期の歴史物語。作者は藤原為経《ためつね》（寂超《じゃくちょう》）か。

*住吉の神—大阪市住吉区の住吉大社。

*多田満仲—平安中期の武将。頼光の父で頼実の曾祖父（九一二？—九九七）。

03

夏山の楢《なら》の葉そよぐ夕暮は今年も秋の心地《ここち》こそすれ

源頼綱《みなもとのよりつな》

【出典】後拾遺和歌集・夏・二三一、新撰朗詠集《しんせんろうえいしゅう》・一五七

青々と繁っている夏山の楢の木の葉が、そよそよと風にそよぐ夕暮れは、夏の終わりで一年の半分が過ぎて、今年ももう秋だなあ、という気持ちがするものだ。

【閲歴】万寿《まんじゅ》元年（一〇二四）生まれか。美濃守源頼国の子で、01でみた頼光の孫に当たる。02でみた頼実の異母弟。05でみる仲正の父。摂津源氏の嫡流《ちゃくりゅう》を継承し、後冷泉《ごれいぜい》天皇に蔵人《くろうど》として仕えた武士。承暦《じょうりゃく》三年（一〇七九）、延暦寺《えんりゃくじ》の強訴《ごうそ》に際して、伊勢平氏の平正衡《まさひら》らとともに防衛した。その一方で、娘を白河《しらかわ》天皇や関白藤原師通《もろみち》に嫁がせるなど、皇室や摂関家との結び付きを強めた。歌人としても知られ、多田歌人《ただかじん》と号した。永長《えいちょう》二年（一〇九七）没。享年七十四歳か。

【詞書】俊綱朝臣のもとにて、晩涼秋ノ如シといふ心を詠み侍りける（後拾遺集）。

＊橘俊綱―富裕な受領として当時の歌界に隠然たる勢力をなした（一〇二八―一〇九四）。

応徳《おうとく》二年（一〇八五）の『後拾遺集』成立以前、頼綱六十三歳以前の作。『今鏡《いまかがみ》』十「敷島《しきしま》の打聞《うちぎき》」によると、この歌は頼綱の代表作として当時の人々に愛唱されていたという。詞書《ことばがき》によれば、この歌は＊橘俊綱《たちばなのとしつな》の歌合《うたあわせ》で詠まれた作品である。俊綱は関白藤原頼通《ふじわらのよりみち》の次男として生まれ、橘俊遠《たちばなのとしとお》の養子となった人物。自ら造園した伏見《ふしみ》の別邸で頻繁に歌会《かかい》を催した。平安

後期の代表的歌人の一人であり、『金葉集《きんようしゅう》』の撰者となった源俊頼《みなもとのとしより》も、一時この俊綱の養子となっていた。『今鏡』には、俊頼がまだ歌人として無名であった二十代の少将の頃、頼綱が俊頼に対し、「和歌を詠もうとお思いになるなら、仏前に供《そな》える洗い米を茶碗に二杯、この頼綱にお供えなさいませ」と言ったという逸話が収載される。頼綱の和歌に対する強烈な自負が窺《うかが》える説話であるが、頼綱の妹は、俊頼の長兄道時《みちとき》と結婚しており、義兄という間柄から親しい関係にもあったためであろう。

頼綱の和歌の才は、父頼国より影響を受けたものである。『*後拾遺集』七三四番には、頼国とともに美濃国に下ったとき、在地の女性と恋仲になって歌を贈られたことが記され、このことは『今鏡』十「敷島の打聞」にも、息子である仲正が語った話として採録される。また、『*新古今集』一五七一番には、大江匡房《おおえのまさふさ》が摂津の*羽束山《はつかやま》に住む頼綱に歌を贈ったことが見える。

貴族と親しく交流しつつも、頼綱の和歌の基盤には、父との任国《にんごく》での生活や、摂津での暮らしがあった。従って、この歌における夏から秋へ移り変わりには、おそらく摂津での生活や武芸の行事が反映されており、それがこの歌に爽やかな陰翳《いんえい》をもたらす要因となっているのであろう。

＊後拾遺集七三四番―詞書に「源頼綱朝臣、父の供《とも》に美濃国に侍りける時、かの国の女に逢ひて、また音《をと》もし侍らざりければ、女の詠める」とある歌。

＊新古今集一五七一番―詞書に「頼綱朝臣、津の国の羽《は》束《つか》といふ所に侍りける時、遣はしける」とある。

＊羽束山―兵庫県三田市にある山。

04

吹《ふ》く風《かぜ》をなこその関《せき》と思《おも》へども道《みち》もせに散《ち》る山桜《やまざくら》かな

源　義家《みなもとのよしいえ》

【出典】千載和歌集・春・一〇三、月詣和歌集《つきもうでわかしゅう》・二五〇

吹いている風よ、この勿来《なこそ》の関の名のように、こちらに吹いてくるなと思う気持ちとはうらはらに、お前にために道が狭くなるほど散っている山桜であることよ。

【閲歴】長暦《ちょうりゃく》三年（一〇三九）、あるいは長久《ちょうきゅう》三年（一〇四二）生まれ。01でみた頼光《よりみつ》の孫、鎮守府将軍《ちんじゅふしょうぐん》源頼義《みなもとのよりよし》の長男。源頼《より》朝《とも》の高祖《こうそ》。八幡太郎《はちまんたろう》と号す。前九年《ぜんくねん》の役《えき》で父とともに奥州《おうしゅう》討伐に従って武名を挙げ、後三年《ごさんねん》の役《えき》で鎮守府将軍として奥州を鎮圧し、源氏による東国武士への支配関係を築いた。一方、藤原道長ら摂関家《せっかんけ》に奉仕し、院昇殿《いんのしょうでん》を許された。「天下第一武勇の士」と讃《たた》えられた義家は、白河《しらかわ》天皇や堀河《ほりかわ》天皇の御悩《ごのう》を治すなど次第に伝説化され、今様《いまよう》に「八幡太郎はおそろしや」とうたわれた。嘉承《かしょう》元年（一一〇六）没。享年六十五歳、あるいは六十八歳。

天喜《てんぎ》四年（一〇五六）頃、ないし永保《えいほう》三年（一〇八三）に奥州に下った際のいずれかで詠まれた歌とされるが、おそらく伝承歌であろう。

義家の父頼義は、永承《えいしょう》六年（一〇五一）に陸奥守《むつのかみ》となり、天喜元年（一〇五三）に鎮守府将軍に任ぜられ、奥州の豪族の首長安倍頼時《あべのよりとき》・貞任《さだとう》の叛乱《はんらん》を義家と共に鎮圧した。一般に*前九年の役と呼ばれるこの合戦によって、頼義・義家の

【詞書】陸奥国《みちのくに》にまかりける時、勿来《なこそ》の関にて、花の散りければ詠める（千載集）。

【語釈】○なこその関―奥州三関の一つ。現福島県いわき市勿来《なこそ》にあったとされる。「勿来《なこそ》」と「な来そ」、すな

武名が高まっただけでなく、東国の在地武士との支配関係の礎《いしずえ》を築く結果となった。この時義家は十八歳。その後、義家は下野守《しもつけのかみ》に任じられ、延久《えんきゅう》二年（一〇七〇）に行われた奥州合戦の最中に国印と校倉《あぜくら》の鍵を奪った藤原基通《もとみち》を逮捕し、承暦三年（一〇七九）には美濃国で源重宗《しげむね》を追討するなど武功を重ねた。

永保三年（一〇八三）九月、四十五歳になった義家は陸奥守兼鎮守府将軍として再び奥州に赴《おもむ》き、＊後三年の役を鎮圧した。この合戦は清原氏一族内部の家督《かとく》争いであり、義家の出陣は奥州の支配権獲得という私的な意味合いが強かったが、二度にわたる奥州合戦の過程で、義家は東国武士との従属関係を強めた。

『千載集《せんざいしゅう》』の詞書では義家が奥州征伐の途上に詠んだ歌とする。おそらく単なる伝承歌に過ぎない歌が、なぜ義家の作として『千載集』に撰入されたのか。そこには、『千載集』撰進《せんしん》の政治性が濃厚に窺える。
＊藤原俊成《ふじわらのしゅんぜい》が『千載集』を撰進したのは、源頼朝が平家を滅亡させ、引き続いて奥州藤原氏の征伐を行った時期と重なる。頼朝は義家の玄孫《げんそん》であり、清和源氏の嫡流《ちゃくりゅう》を強調していたので、おそらく撰者《せんじゃ》の俊成によって、政治的配慮が働いたものと思われる。従って、この歌は、義家の事績を背景に想起させつつ、頼朝の武勇伝としても受容され、物語化されたものであろう。

わち「来るな」の意を掛ける。〇道もせに―道が狭くなるほどに。「せ」は「狭《せ》」。

＊前九年の役―天喜四年（一〇五六）から康平五年（一〇六二）に至る安倍頼時・貞任親子の叛乱を頼義・義家が鎮定した乱。

＊後三年の役―永保三年（一〇八三）から寛治元年（一〇八七）に至る奥州清原《きよはら》氏内部の乱。家衡《いえひら》・武衡《たけひら》・清衡《きよひら》らが兄弟間で争い、義家の援護を得た藤原清衡が勝利した。

＊藤原俊成―名はとしなりと読むが、当時より「しゅんぜい」と音読して通称された。『千載集』の撰者（一一一四―一二〇四）。

05

思《おも》ふとはつみ知《し》らせてきひひな草《ぐさ》わらは遊《あそ》びの手《て》たはぶれより

源仲正《みなもとのなかまさ》

【出典】為忠家初度百首《ためただけしょどひゃくしゅ》・恋・六一四、仲正集・六一

好きだよ、とつねって知らせたのだったなあ。雛草《ひいなぐさ》を摘んで、ひな人形を作っていた、あの子供の遊びで一瞬、触れた手で。

【閲歴】仲政とも表記する。治暦《じりやく》年間（一〇六五—六九）初頭頃の生まれか。03でみた源頼綱の次男。11・12・13・14でみる源三位《げんざんみ》頼政《よりまさ》の父。白河・鳥羽両院に仕えた武士。元永《げんえい》・保安《ほうあん》年間（一一一八—一一二四）には、西国《さいごく》で朝廷に叛《そむ》いていた前対馬守《さきのつしまのかみ》源義親《みなもとのよしちか》と称する者を追討した。和歌にも優れ、『為忠家初度百首』、『為忠家後度百首《ためただけごどひゃくしゅ》』の主要作者となる。家集に『蓬屋集《ほうおくしゅう》』が伝えられるが現存せず、後代の編となる『源仲正集』がある。保延《ほうえん》年間（一一三五—一一四一）末頃没か。享年七十歳くらい。

長承《ちょうしょう》三年（一一三四）、仲正六十七歳から七十歳頃までの間の作である。歌題《かだい》の「契《ちぎ》リ久シキ恋」とは、逢瀬《おうせ》を約束してからずっと叶《かな》わなかった恋のことである。仲正はこの歌題に対し、子供の頃の幼い恋をうたった。楽しかった遊びの中で、ふとした瞬間に手の触れ合った感触が今もなお残る。絵画のような幼時への憧憬《しょうけい》と、皮膚感覚の生々しさの対比が印象的であり、*中《なか》

【詞書】契《ちぎ》リ久シキ恋（為忠家初度百首）。

【語釈】○つみ知らせ—つねる意と草を摘む意の掛詞。○ひひな草—カモジグサの異名。独自歌語。○わらは遊び—子供の遊び。独自歌

勘助《かんすけ》の『銀《ぎん》の匙《さじ》』を思わせるような作品である。幼時の記憶をうたった作品として有名な西行《さいぎょう》の「たはぶれ歌」*は、この作品の影響が考えられている。

また、この歌には、「つみ知らせ」「ひひな草」「わらは遊び」「手たはぶれ」など、歌語《かご》としてめったに見られない、あるいは独自に創出された言葉が多く用いられている。和歌では、三十一文字《みそひともじ》という限定された字数によって、ひとつの世界を創り上げなくてはならない。そのため、作品世界をふくらませるためには、先行例によって創り上げられた概念を用いることが重要となった。歌枕《うたまくら》や本歌取《ほんかど》りはそのための技法である。新奇な歌語、独自歌語を用いることは、作品世界を理解されないリスクを負うのである。

しかし、この頃、源俊頼ら仲正周辺の歌人たちが、新奇な歌語を詠み込むことを試み始めた。『為忠家初度百首』*は、実験的作品が多く創出された場として和歌史上重要な結題百首《けつだいひゃくしゅ》で、仲正は参加した八人の歌人たちの中でも中心的な存在であった。

この歌は、仲正の実験的作品のひとつである。先行する概念を重視する和歌から、ことばの感覚を重視する和歌へと、新たな歴史を切り拓《ひら》いた代表的な作品のひとつに数えてまちがいない。

語。○手たはぶれ―手を使った遊び。先行例は和泉式部の一首、後の例は西行の一首のみ。

*中勘助―大正時代の小説・随筆家（一八八五―一九六五）。『銀の匙』は作者の幼少時の回想を叙情的に描いた代表作。

*たはぶれ歌―西行の『聞書集』に収載される、子供の頃の思い出などがうたわれた十三首の連作。

*為忠家初度百首―藤原為忠《ためただ》が主催した百首歌《ひゃくしゅうた》。長永三年（一一三四）末から翌保延元年（一一三五）初頭にかけて成立か。『丹後守為忠朝臣家百首《たんごのかみためただあそんけひゃくしゅ》』とも。次項06参照。

06

もろともに見《み》し人《ひと》もなき山里《やまざと》の花《はな》さへ憂《う》くて訪《と》はぬとを知《し》れ

源《みなもとの》　仲正《なかまさ》

【出典】風雅和歌集・雑・一九八〇、歌枕名寄《うたまくらなよせ》・一一八六

以前一緒に桜を見たあなたのお父さまがお亡くなりになって、もうそこにいらっしゃらないのだと思うと、そこ常磐《ときわ》の山里は、桜の花ですら思い出のよすがとなって悲しいのです。だからあなたを訪れることができないのだ、とわかってください。

【閲歴】05参照。

＊丹後守為忠《ためただ》が没した保延二年（一一三六）以後の春、常磐《ときわ》に隠遁《いんとん》していた為忠の次男の寂念《じゃくねん》から「＊春来《き》ても訪《と》はれざりける山里を花咲きなばと何《なに》思ひけん」という歌が贈られ、その返歌《へんか》として詠まれた。仲正六十八歳から、保延六年（一一四〇）頃に七十五歳くらいで没するまでの間の作である。

為忠の祖父知綱《ともつな》は白河院の乳母子《めのとご》、父知信《とものぶ》は白河院の皇女郁芳門院《いくほうもんいん》の乳母

【詞書】（父亡くなりて後、常《とき》磐《は》の山里に侍りける頃、三月《やよひ》ばかりに、源仲正がもとに遣はしける　寂念法師）返し（風雅和歌集）。

【語釈】○もろともに見し人―藤原為忠。○山里―常磐

子であり、また妻なつともは、白河院の養女として鳥羽天皇に入内した*待賢《たいけん》門院《もんいん》の女房であり、白河院にも仕えたという関係から、為忠は白河院の近臣《きんしん》として信任を得ていた。また、豊かな財力を背景に、鳥羽院の御所《ごしょ》を造成するなど、鳥羽院の近臣としても活躍した。仲正もまた白河・鳥羽両院の近臣となり、従兄弟に当たる参議《さんぎ》*藤原為隆《ためたか》に為忠の叔母が嫁《か》していたため、為忠とは縁戚《えんせき》関係にもあった。

為忠と仲正は、ともに歌人としても精力的に活動し、和歌を通じて親しく交流した。為忠は『為忠家初度百首』*『為忠家後度百首《ためただけごどひゃくしゅ》』を主催したが、両百首には口語的表現や独自歌語などが詠み込まれ、実験的な和歌が多数創作された。仲正は息子の頼政とともに為忠のいる常磐の山荘を訪ね、両百首に親子で出詠《しゅつえい》している。藤原俊成も出詠したこれらの百首歌は、西行にも影響を与えており、仲正・頼政父子にとって、歌人としての評価を決定付けたものとなった。

仲正にとって、為忠は白河院・鳥羽院の近臣としても、歌人としても盟友であった。仲正の死は、右の和歌を詠んだのち数年を経ないものと考えられ、この歌からは為忠を失った仲正の悲しみの深さが偲《しの》ばれるのである。

の山荘。

*丹後守為忠—寂念・寂然・寂超ら大原三寂の父で、常磐丹後守と称した。当時のパトロン的歌人の一人（?—一一三六）。

*春来ても…—春が来ても、あなたが訪ねていらっしゃらないこの常磐の山荘に、桜の花が咲いたら来てくださるのでは、などとどうして期待していたのでしょう。

*待賢門院—藤原璋子《たまこ》（しょうしとも）。鳥羽天皇の中宮であり、崇徳《すとく》・後白河《ごしらかわ》天皇の母（一一〇一—一一四五）。

*藤原為隆—平安後期の公卿（一〇七〇—一一三〇）。

*為忠家後度百首—保延元年（一一三五）から同二年（一一三六）成立か。『木工権頭為忠朝臣家百首《もくのごんのかみためただあそんけひゃくしゅ》』とも。

07

有明《ありあけ》の月も明石《あかし》の浦風《うらかぜ》に波ばかりこそ寄ると見えしか

平忠盛《たいらのただもり》

【出典】金葉和歌集・秋・二一六、忠盛集・一一五

夜明けの空に残照を残す月も、明石というこの地名のとおり明るく輝き、辺《あた》りはまるで昼のよう。海から浦風に吹かれて波が寄る音で、今が夜だということを思い出すほどだ。

【閲歴】永長元年（一〇九六）年生まれ。讃岐守《さぬきのかみ》平正盛《たいらのまさもり》の子で、15でみる清盛、27・28でみる忠度らの父。白河・鳥羽・崇徳《すとく》院に仕え、海賊追討や得長寿院《とくちょうじゅいん》造営などに功を立て、長承元年（一一三二）、平家では初めて内昇殿《うちのしょうでん》を果たす。崇徳院の『久《きゅう》安《あん》百首』の作者にも加えられ、歌人としても知られた。家集に『忠盛集』がある。仁平《にんぺい》三年（一一五三）没。享年五十八歳。

『忠盛集』の詞書《ことばがき》によると、忠盛が伯耆《ほうき》から都に上ってきた折、保安《ほうあん》元年（一一二〇）秋、忠盛二十五歳ごろに詠まれた作と推定される。忠盛の歌としては最も初期の段階に属する歌。覚一本《かくいちぼん》『平家物語』巻一「鱸《すずき》」では、備前国《びぜんのくに》から上京してきた忠盛に、鳥羽院が「明石の浦はどんなところであるか」と尋ねたので、この歌を奉《たてまつ》ったところ、院は大変感動したという逸話《いつわ》が残され

【詞書】月のあかかりける頃、明石にまかりて月を見て上り立ちけるに、都の人々、月はいかがなど尋ねけるを聞きて詠める（金葉集）。

【語釈】○明石の浦―播磨《はりま》の国の歌枕。兵庫県明石市の

ている。この逸話のすぐ直前には、武士である忠盛が殿上《てんじよう》の間《ま》に昇ることを嫌った貴族たちが、酒宴の席で彼の左右の目つきが異なること、伊勢を地盤とする平氏の出身であることを揶揄《やゆ》して、「伊勢で作られた伊勢瓶子《いせへいし》は粗悪だから、*酢瓶《すがめ》にしか使えんなあ、左右の目の大きさの違う目つきの悪いすがめの忠盛」とあからさまに侮蔑《ぶべつ》する有名な場面が描かれている。

　鳥羽院が感動したという『平家物語』の殊更《ことさら》な記述には、そういった周囲の侮蔑的な視線に対し、和歌という貴族的教養を示すことによって、忠盛が昇殿《しょうでん》することの正しさを認めさせる意味が潜んでいた。武士などは粗暴な存在に過ぎないという貴族の認識は、この歌が院の賞賛を得て勅撰集《ちょくせんしゅう》である『金葉集』に入集《にっしゅう》するという権威を得たときに初めて覆《くつがえ》された。

　あかあかとした月光に明石の舞台を鮮やかに浮かび上がらせたこの歌は、貴族の文化を我がものとして獲得し、政治の中心に進出してゆくきっかけとなったもので、忠盛と平家一族が上昇する運命を予感させるものである。

　後に見るが、藤原俊成に自作の和歌の巻物を託して壇《だん》の浦《うら》に沈んだ忠盛の子*薩摩守忠度《さつまのかみただのり》の感動的な最期《さいご》は、父忠盛のこの和歌にすでに遠く胚胎《はいたい》されていたとみられないこともない。

浜。地名に月が明るいという意を掛ける。〇寄る―「夜」を掛ける。

*酢瓶―忠盛が「すが目」であったことを掛けた悪口。『平家物語』巻一「殿上闇《てんじようのやみ》討《うち》」の原文には「伊勢平氏(瓶子《へいし》)はすが目なりけり」とはやしたとある。

*薩摩守忠度―忠盛の六男。27参照。

08

うれしとも中々《なかなか》なれば石清水《いはしみづ》神ぞ知るらん思ふ心は

平忠盛《たいらただもり》

【出典】玉葉和歌集・神祇《じんぎ》・二七六八、忠盛集・一五八

嬉しいという気持ちもせいぜい中くらいであるから、嬉しいとは言うまい。しかし、ここ石清水八幡宮《いわしみずはちまんぐう》の神だけが、私の本当の気持ちを知ってくださっていることだろう。

【詞書】臨時祭《りんじのまつり》の舞人《まひびと》にて、八幡《やはた》へ参りて侍りしに、障《さは》ることありて御前《おまへ》へは参らで、馬庭《うまには》に立ちて侍りしに、尊げなる僧の侍りしに語らひつきて、殿上《てんじやう》の祈り申しつけむ程《ほど》なく殿上し

【閲歴】07参照。

07と同様、保安元年（一一二〇）三月以降まもない頃の作。忠盛はこの年の三月、石清水臨時祭の舞人《ぶにん》を務《つと》めた折、八幡宮の僧に自己の昇進を祈願してもらった。その霊験《れいげん》によるものか、やがて院昇殿《いんのしょうでん》を許されたが、右の歌はその時の喜びをうたったもの。しかしその喜びはまだ中途半端だという。彼が願っていたのは、天皇の下《もと》で政治の中枢《ちゅうすう》に列することが可能な内昇殿《＊うちのしょうでん》であった。

忠盛は前年の元永二年（一一一九）十一月にも賀茂臨時祭の舞人となっていた。賀茂臨時祭と石清水臨時祭はいずれも天皇親祭《しんさい》であり、官人たちが天皇に忠誠を誓う重要な年中行事である。舞人には天皇から金銀をちりばめた豪華な装束《しょうぞく》が下賜《かし》された。装束の製作は女御《にょうご》以下の女官《にょかん》や公卿《くぎょう》の妻子たちが携わる。一族を挙げて作業を施す過程を通して、天皇と臣下との従属関係と絆《きずな》が確認された。即《すなわ》ち、これらの祭は単に華麗な衣装を身にまとう栄誉だけでなく、宮廷政治における家と家との関わり方を左右する行事であった。

従って、忠盛が舞人になることに旧来の貴族たちが猛反発したのは当然の成りゆきであり、「*絶対に許されぬこと」であった。貴族たちの拒否は理不尽ではあるが、因習として簡単に片づけられる問題ではなかった。忠盛は貴族らの反撥《はんぱつ》を十分に覚悟していたが、それでも舞人を無事務め上げたのは、父正盛と共に長年金銭や人脈面での運動を積み重ね、天皇や摂関家《せっかんけ》との主従関係に一定の地歩《ちほ》を築いてきたからである。忠盛の本意は、院の私的な従《じゅう》者《しゃ》として終わることではなく、宮廷の正式な一員として認められ、家としての信頼関係を宮廷内に築くことにあった。第二句の「中々に」という歌語には、忠盛の悔《くや》しさの向こうにある、重い現実が凝縮されていたのである。

て侍りければ、かの僧の許《もと》へ喜び申し遣はすとて（忠盛集）。

【語釈】○石清水―「いはし」に「言はじ」、すなわち「言うまい」を掛ける。

*内昇殿―天皇の行政府である紫宸殿《ししんでん》の殿上《てんじょう》の間に伺候《しこう》すること。忠盛が内昇殿を果たしたのはこれより十年以上後の長承元年（一一三二）、三十七歳のときであった。

*絶対に許されぬこと―源《みなもとの》師時《もろとき》の日記『長秋記《ちょうしゅうき》』に見える。

09

思ひきや雲居《くもゐ》の月をよそに見て心の闇《やみ》にまよふべしとは

平忠盛《たいらのただもり》

【出典】金葉和歌集・雑・五七一、忠盛集・一一七

思いもしなかったことであるよ、宮中で見るべきであった月を、参内《さんだい》の望みが叶わず別の場所で見ている今、月光の届かない暗闇のような心中になってしまったとは。

【詞書】殿上申しける頃、せざりければよめる（金葉集）。

【語釈】○雲居―宮中を指す。雲のように高い所にあるという意味。

【閲歴】07参照。

この歌は『今鏡《いまかがみ》』四「宇治《うぢ》の川瀬《かはせ》」にも載った評判の歌。天治《てんじ》元年（一一二四）、忠盛二十九歳ごろの作である。

この年の十一月、忠盛は藤原為忠と並んで五節《ごせち》の舞姫《まいひめ》を献上した。白河院や鳥羽院に伺候《しこう》する院昇殿《いんのしょうでん》は許されたものの、天皇の側近となりうる内昇殿《うちのしょうでん》は実現しておらず、崇徳天皇の許可を得るために様々な運動を行い、この

五節の舞姫の献上によって内昇殿は確実になったかと思われた。しかし蓋《ふた》を開けてみれば許されたのは為忠だけで、忠盛の運動は虚《むな》しいまま終わった。忠盛の落胆は激しく、『忠盛集』の詞書では「理由もなく内昇殿の許可が沙汰やみになった」と不平を洩らしている。彼の怒りは収まらず、親交のあった*藤原成通《ふじわらのなりみち》に「*身の憂《う》さを思ひ入江《いりえ》の山の端《は》に我《われ》もろともに立ち別れなん」と出家を呼びかけたりもしている。

忠盛が「心の闇」とまで落胆《らくたん》したのは、内昇殿が父*正盛《まさもり》の時代からの悲願だったからである。武家平氏として受領《ずりょう》階級に生まれた正盛は、白河院の信任を受け、多くの国の受領を歴任して従四位下《じゅしいげ》まで昇進したが、貴族からは「*最《さい》下品《げぼん》」の正盛が但馬守《たじまのかみ》の受領に任じられるのは破格の待遇との反発を受けた。この時忠盛の脳裏《のうり》には、父の苦《にが》い思いが二重写しになっていたのであろう。

結局忠盛に内昇殿の許可が下りたのは、長承元年（一一三二）、忠盛三十七歳の時のこと。得長寿院《とくちょうじゅいん》の御堂《みどう》を建て、一千一体の仏像を鳥羽院に寄進したことに対する恩賞としてであった。武家平氏として初めて正式に天皇の側近として殿上に昇ったのである。こうした孜々《しし》とした労苦が報われ、武士の時代がようやく拓《ひら》かれたのであった。

*藤原為忠—05・06に既出。大原三寂の父、丹後守為忠（?—一一三六）。

*五節の舞姫—新嘗祭《にいなめさい》や大嘗祭《だいじょうさい》などの天皇親祭で舞う五人の舞姫。

*藤原成通—侍従大納言《じじゅうだいなごん》成通（一〇九七—一一六二）。蹴鞠《けまり》と今様《いまよう》の名人だった。

*身の憂さを…—自分の人生に希望が持てないと思い至ったので、私と一緒にこの俗世から山の端に去って別れをつげ、一緒に出家しましょう。

*正盛—次項10参照。

*最下品—蔵人《くろうど》の蔑称。貴族が五位以上で昇殿を許され、殿上人となるのに対し、蔵人は六位でも武官として天皇や院の側近く仕え、警護の役割を果たした。

10

また も来《こ》ん秋を待つべき七夕《たなばた》の別るるだにもいかが悲しき

平忠盛《たいらのただもり》

【出典】玉葉和歌集・雑・二四一〇、忠盛集・一四一

一年にたった一度、七夕の秋の逢瀬《おうせ》の日を、また再び巡り逢えると信じて待っている織姫と彦星の二人でさえも、別れるときはどんなに悲しいだろう。ましてわが君にはこの日を限りに永遠にお会いすることができない、私の悲しみはどんなに深いことか。

【詞書】白河院七月七日かくれさせ給ひにければ詠み侍りける（玉葉集）。

【閲歴】07参照。

大治《だいじ》四年（一一二九）七月六日、白河法皇は、二条東洞院《にじょうひがしのとういん》の御所に御幸《ごこう》して還御《かんぎょ》の後、俄《にわか》に霍乱《＊かくらん》を発病、翌七日午前十時ごろに崩御《ほうぎょ》した。右の歌は院の崩御した日、忠盛三十五歳の時、その死を悼《いた》んで詠んだ歌である。

白河院は従来の律令《りつりょう》制度《せいど》における官位にこだわらず、新興勢力である武士を下北面《げほくめん》に置き、近臣《きんしん》として重用《ちょうよう》した。忠盛の父正盛《＊まさもり》は永長《えいちょう》二年（一〇九七）、

＊霍乱―嘔吐・下痢などの消化器症状。

＊正盛―伊勢平氏で、武士と

伊賀国《いがのくに》の所領を白河院の鍾愛《しょうあい》した亡き第一皇女媞子《ていし》*の菩提寺《ぼだいじ》である六条院《ろくじょういん》に寄進し、さらに寺院建立《じいんこんりゅう》の奉仕などによって白河院との関わりを深めた。忠盛と白河院との関わりが初めて見られるのは、永久《えいきゅう》元年（一一一三）三月、忠盛が十八歳のときに検非違使《けびいし》の大夫尉《たいふのじょう》として蘭林房《らんりんぼう》*の御倉《みくら》を破った夏焼《なつやき》大夫《だゆう》を捕縛《ほばく》し、その恩賞として従五位下《じゅごいげ》に叙《じょ》された事件においてである。同年四月末、興福寺《こうふくじ》の末寺《まつじ》に当たる清水寺《きよみずでら》の人事をめぐり延暦寺《えんりゃくじ》と興福寺が対立し、興福寺の大衆《だいしゅ》が強引に入京しようとして合戦に及んだ。永久の強訴《ごうそ》と呼ばれるこの事件に対し、正盛と忠盛父子は白河院の命を受けて鎮圧《ちんあつ》している。

平家の躍進は、白河院が私的な警護職として軍事貴族を登用し、さらに河内源氏が突出しないように、平家を重用《ちょうよう》した結果もたらされたものである。忠盛は父から二代にわたって、白河院の寵姫《ちょうき》である祇園女御《ぎおんのにょうご》*に仕《つか》えた。清盛の母は白河院の女房《にょうぼう》とも祇園女御の妹とも言われ、清盛は祇園女御に育てられたらしい。清盛には白河院の落胤《らくいん》説もあるが、事実は不明である。

忠盛のこの深い悲嘆は、白河院のもとで父の代から公私にわたって奉仕し、平家躍進の基盤を築いたことより生ずるものであっただろう。

して活躍し、出羽守《でわのかみ》となった平正衡《まさひら》の子（？―一一三？）。

＊媞子―郁芳門院《いくほうもんいん》。堀河天皇准母《じゅんぼ》となり、のち中宮となった（一〇七六―一〇九六）。

＊蘭林房の御倉―御書所《ごしょどころ》・画所《えどころ》があり、祭祀《さいし》の用具を始めとする御物《ぎょぶつ》などが納められていた。

＊祇園女御―『今鏡』四や『平家物語』巻六にその名や逸話が見える白河院の愛妾《あいしょう》。元は白拍子《しらびょうし》。

11

源《みなもとのよりまさ》 頼政

深山木《みやまぎ》のその梢《こずゑ》とも見《み》えざりし桜《さくら》は花《はな》にあらはれにけり

【出典】詞花和歌集・春・一七、頼政集・四六

ここから遠い深山を眺めると、それが桜の梢だともわからなかったけれども、桜の花が咲いた今、他の木々から際立ったその姿がまざまざと立ち現れたことであるよ。

【閲歴】長治《ちょうじ》元年（一一〇四）生まれ。05・06でみた源仲正（政）の子。20・21・22でみる仲綱の父。白河院・鳥羽院に近侍し、崇徳院にも奉仕したが、保元の乱で後白河天皇方について勝利したのち、二条・六条・高倉天皇に仕えた。従三位《じゅさんみ》に至って源三位《げんざんみ》と称され、15でみる平清盛にも厚く信頼された。順調な出世を遂げていたが、治承《じしょう》四年（一一八〇）、七十七歳のときに以仁王《もちひとおう》を奉《ほう》じて挙兵し、宇治で敗れて自害した。多くの歌合に出詠し、俊恵《しゅんえ》や藤原俊成らに高く評価された源氏歌人として、和歌史上に特異な位置を占める。家集に『頼政集』。

【詞書】同じ心を（白河院にて人々花見し侍りしに）（頼政集）。

【語釈】○深山木―奥深い山に生えている木。

＊比叡山の大衆が―加賀守近

『詞花集《しかしゅう》』成立の仁平元年（一一五一）より前、頼政四十八歳以前の作。覚一本《かくいちぼん》『平家物語』巻一「御輿振《みこしぶり》」には、加賀守近藤師高《かがのかみこんどうもろたか》が白山《はくさん》の堂宇《どうう》を焼き討ちしたことをきっかけとして、安元《あんげん》三年（一一七七）四月、＊比叡山《ひえいざん》の大衆《だいしゅ》が神輿《しんよ》を担《かつ》いで京に入り、頼政軍と対峙《たいじ》したとき、仲間の一老僧が頼政のこの和歌が近衛《このえ》天皇の御感《ぎょかん》に与《あずか》ったことを大衆に説明したところ、それを聞い

た大衆が自らの行動を恥じて引き下がった、という逸話が残されている。この逸話の中で、頼政は武芸にも歌道にもすぐれた「やさ男《をとこ》」、すなわち風流《ふうりゅう》人《じん》と紹介されている。

この歌は、詞書から、桜の花見においてうたわれた作品であることがわかるが、*伊勢《いせ》の「*深山木《みやまぎ》のかげの小草《こぐさ》は我《われ》なれや露《つゆ》しげけれど知《し》る人《ひと》もなき」のように、深山の木々に埋もれてわからなかった桜を、才能がありながら貴族社会の中で見出《みいだ》してもらえない、自らの姿に重ねて歌われたものと受け取れる。景物に自らの境涯の不遇を重ねる手法は、頼政の和歌の特徴のひとつであり、上《かみ》の句の「埋もれる」状態と下《しも》の句の「現れる」ことの対比が、この作品を印象的なものとしている。

この作品の詠まれた時期に、頼政は鳥羽院とその寵姫《ちょうき》であった*美福門院《びふくもんいん》得《なり》子《こ》に奉仕しており、仁平三年（一一五三）に美福門院の昇殿を許された。桜の花が立ち現れた、という下の句に感じられる明るさは、武士として、また歌人として、公的な評価を獲得しつつあったこのとき、明るい未来を思い描いて、活躍への期待を花に託してうたったものであろう。

藤師高が白山の寺社と衝突し、白山の神輿が比叡山に入ったことにより、山門《さんもん》の大衆が師高の流罪《るざい》などを求めて強訴《ごうそ》し、合戦に及んだ事件。

＊伊勢―平安初期の女流歌人（八七四頃―九三八以降）。

＊深山木の…―深山の木陰に生える小さな草は私自身でしょうか。露にびっしょり濡れているように、私も泣いていますが、誰も知る人はいないことです（新勅撰集・七一三）。

＊美福門院―とくしとも。鳥羽院の皇后で、近衛天皇を産んだ（一一一七―一一六〇）。

12

人知れぬ大内山《おほうちやま》の山守《やまもり》は木隠《こがく》れてのみ月を見るかな

源頼政《みなもとのよりまさ》

【出典】千載和歌集・雑・九七八、頼政集・五七五

世間の人に知られないで、ひっそりと大内山の山守をしているような皇室警護職にある私は、ひたすら木々の繁みに隠れて、誰にも認められないまま明るい宮中の月の光を見ていることであるよ。

【詞書】大内守護《たいだいしゅご》ながら、殿《てん》上《じやう》許《ゆる》されぬ事を思はぬにしもなかりける比《ころ》、行幸《みゆき》なりて侍りけるに、大宿直《おほとのゐ》なる小家《こいへ》に隠れゐて侍るに、月の明《あか》かりければ、丹波内侍《たんばないし》の許《もと》へ遣はしける（頼政

【閲歴】11参照。

覚一本『平家物語』巻四「鵼《ぬえ》」などに記される有名な歌であり、二条天《にじよう》皇の在位時、保元《ほうげん》三年（一一五八）から永万《えいまん》元年（一一六五）まで、頼政五十五歳から六十二歳までの間の作である。

頼政は、*保元の乱のとき、先鋒《せんぽう》を務める功績を果たしても、大した恩賞に与《あずか》らなかった。*平治《へいじ》の乱では、二条親政派《しんせいは》と後白河院政派《いんせいは》が合戦したとき、

頼政は源氏の身内である*源《みなもとのよしとも》義朝が総大将を務める後白河院政派ではなく、平清盛が総大将を務める二条親政派に味方して勝利を導いたが、そこでもほとんど顧《かえり》みられなかった。その後、大内守護《たいだいしゅご》を長く務め、内裏《だいり》を警護しながらも昇殿は許されず、もはや老齢となり、死期が迫る身となって、不遇の人生をかこつこの歌を詠んだことによって、ようやく長年の昇殿の願いが叶ったのであった。さらに、*正下四位《しょうげのしい》に昇った頼政は、三位《さんみ》を願って、「*上《のぼ》るべき頼《たよ》りなき身《み》は木《こ》のもとに椎《しゐ》を拾《ひろ》ひて世《よ》を渡《わた》るかな」という歌を詠み、再び歌の力によって三位に昇ったという。

頼政は、これらの作品の他にも、我が身の不遇を嘆く歌や昇進を喜ぶ歌を、*藤原資隆《ふじわらのすけたか》や*藤原隆信《ふじわらのたかのぶ》など、多くの歌人たちに贈っていた。『平家物語』の記すように、確かに還暦を迎えるまでの頼政の人生は、平家の若い公達《きんだち》の活躍を横目に、わだかまりを抑圧し続けたものであったに違いない。

しかし人生の最後に、頼政は突如として平氏打倒の旗を揚げ、歴史の脚光を浴びることとなる。頼政の生涯と照らし合わせたとき、右の和歌は、暗い情念の爆発に至るまでの伏線として捉《とら》え返されるのである。

集)。

【語釈】○大内山―内裏。

*保元の乱―保元元年（一一五六）七月、後白河天皇方と崇徳上皇方に分かれて武力衝突した争乱。

*平治の乱―平治元年（一一五九）十二月から翌年三月の争乱。

*源義朝―河内源氏の嫡流源為義《ためよし》の子。頼朝・義経の父（一一二三―一一六〇）。

*正下四位―正四位下《しょうしいのげ》のこと。

*上るべき…―昇進しようにも、後ろ楯のない身の上には、大木の下で椎《しい》の実を拾うように偶然賜った四位《しい》を拾って、満足すべき人生なのだなあ（覚一本平家・巻四・鵼）。

*藤原資隆―生没年未詳。『千載集』初出の歌人。

*藤原隆信―歌人、似絵《にせえ》の開祖（一一四二―一二〇五）。

13

庭の面《おも》はまだかわかぬに夕立《ゆふだち》の空さりげなく澄《す》める月かな

源《みなもとの》頼政《よりまさ》

【出典】新古今和歌集・夏・二六七、頼政集・一六七

庭の面はまだ乾いていないというのに、夕立の降った空には、まるで雨など何事もなかったかのように、澄んだ月が輝いていることよ。

【詞書】夏ノ月を詠める（新古今集）。

【語釈】○さりげなく―何事もなかったかのように。

【閲歴】11参照。

夕立のあとの一瞬の変化を捉えた叙景歌《じよけいか》である。地上と天空、湿った土と澄んだ空という空間の対比と、夕立を境にして入れ替わる空気という時間的な経過が立体的な世界を創り上げている。

空間的、時間的な動きに加えて、この作品には悲しみの読後感がある。それは、庭の面から立ち上る夏の湿った空気が、人間の生活の匂いを伴《ともな》って立

ち現れるからである。「まだかわかぬ」というただ一句によって、叙景が叙情に転じる。そこに月の清澄《せいちょう》な輝きが対比され、煩悩《ぼんのう》多き人間を見下ろす神仏が象徴的に表される。まさしく月は、中世*において、仏教的な景物《けいぶつ》であり、煩悩から逃れるための信仰の対象であった。この作品に底流する悲しみとは、人生の無常《むじょう》を静かに観ずる頼政の信仰にあったと言えよう。

院政期の歌壇を主導していた歌人のひとりである*俊恵《しゅんえ》は、頼政のことを「いみじかりし歌仙《かせん》なり」と評したが、その理由として、「鳥の一声《ひとこゑ》鳴き、風のそそと吹くにも、まして花の散り、葉の落ち、月の出《い》で入《い》り、雨・雪などの降るにつけても、立《た》ち居《ゐ》起《お》き臥《ふ》しに、風情《ふぜい》をめぐらさずといふことなし」（*無名抄《むみょうしょう》・五七）であったからだという。頼政は全ての自然現象に、どんなときでも感動を覚えたというのである。

頼政の叙景歌は、繊細な感受性の上に、自らの沈倫《ちんりん》の人生や当時流行した末法《まっぽう》思想を基盤にして、叙情的である以上に、人間の姿を冷徹《れいてつ》に捉えた哲学的な色彩を帯びる。頼政の和歌は、貴族から武士の時代への過渡的な要素を併《あわ》せ持つが、『新古今集』に通じる象徴美《しょうちょうび》を垣間見《かいまみ》せることもひとつの特徴であった。右の和歌は、その代表的な例として評価される作品である。

*中世―日本文学研究や日本史研究においては、文化史の区分として中世の始まりを平安末期の院政期に置く。

*俊恵―平安末期の歌人。源俊頼《としより》の息男。歌林苑《かりんえん》を主宰し、歌会・歌合などで多くの歌人たちと交流した。家集に『林葉《りんよう》和歌集』がある（一一一三―？）。

*無名抄―歌論・和歌説話・随筆集。作者は鴨長明《かものちょうめい》。建暦元年（一二一一）以後、同二年（一二一二）頃成立。

14

埋《む》もれ木《ぎ》の花咲くこともなかりしに身のなる果てぞ悲しかりける

源《みなもとの》頼政《よりまさ》

【出典】覚一本平家物語・巻四・宮御《みやのご》最期《さいご》

自分の人生は、花咲くような華やかな栄達もなく、まるで埋もれ木のようであったが、こうして、実がなりはてて朽ちるような最期を迎えることが、ほんとうに悲しいことだ。

【閲歴】11参照。

治承《じしょう》四年（一一八〇）五月二十六日、宇治橋《うじばし》の戦いに敗れ、七十七歳で自害《じがい》する間際《まぎわ》に詠んだという頼政辞世《じせい》の歌。覚一本『平家物語』巻四「宮御《みやのご》最《さい》期《ご》」に引用されるが、『平家物語』作者の創作と思われる。

この年の四月、*以仁王《もちひとおう》は平家追討の令旨《りょうじ》を発し、頼政はその令旨に応じて挙兵した。頼政の挙兵について、覚一本『平家物語』巻四「競《きほふ》」では、嫡《ちゃく》

【語釈】○埋もれ木―「花咲く」、「身（実）のなる」は縁語。○身のなる果て―実がなって朽ちる意味と、人生のなれの果てを掛ける。

*以仁王―後白河院の第二（実は第三）皇子。平清盛

男《なん》である仲綱《なかつな》の大切にしていた馬を無理やり*平 宗盛《たいらのむねもり》が奪い取り、「仲綱」という焼き印を入れて侮辱《ぶじょく》したことが原因になったとする。積年の鬱屈《うっくつ》した気持ちがこの事件で一気に爆発したのかもしれないが、同二年（一一七八）には、清盛の推薦によって従三位《じゅさんみ》に昇進し、翌三年（一一七九）には病を得て出家した頼政が、なぜ人生の最後になって戦《いくさ》に身を投じたのか、疑問とされるところである。

同四年（一一八〇）五月二十六日、宇治川のほとりで左の膝頭《ひざがしら》を討《う》たれ、重傷を負った頼政は、*平等院《びょうどういん》に退いて、*大声で南無阿弥陀仏《なむあみだぶつ》の名号《みょうごう》を十回唱《とな》えた後、この和歌を辞世の歌として詠み、太刀《たち》の先を腹に突き立てて自害した。その首は、石にくくりつけられて、宇治川の深みに沈められたという。

頼政はなぜ、人生の最後に挙兵したのか。その疑問について、平家の作者は右の「埋《む》もれ木《ぎ》」の和歌に答を求めようとしたのだろう。頼政の挙兵は、歴史を変える程の重要性はなかったかもしれない。だが、確かにその死は鎌倉幕府樹立に至る歴史の転換点として位置付けられた。頼政は人生最後の賭けに勝ったのである。そしてこの辞世の歌によって、われわれは頼政の全生涯を見つめ、「埋もれ木」であったその人生に思いを馳《は》せ続けているのだ。

の義理の妹である、高倉天皇の母平滋子《しげこ》の妨害により、不遇にされたという（一一五一―一一八〇）。

*平宗盛―平清盛の三男。30参照。

*平等院―京都府宇治市にある。現在阿弥陀堂（鳳凰堂）が残る。

*大声で南無阿弥陀仏―「南無阿弥陀仏」の六字の名号を大声で十回唱えると、救済されて往生するという浄土教の教えによる。

15

卵《かひご》ぞよ帰りはてなば飛びかけり育《はご》くみたてよ大鳥《おほとり》の神

平 清盛《たいらのきよもり》

【出典】古活字本《こかつじぼん》平治物語《へいじものがたり》・巻上・六波羅《ろくはら》より紀州《きしゅう》へ早馬《はやうま》を立てらるる事

私は卵であるよ。孵化《ふか》すれば空を飛翔することができるように、京に辿《たど》り着きさえすれば、縦横無尽《じゅうおうむじん》に駆け回ることができよう。どうぞ私を大切に育ててお守り下さい、大鳥大明神よ。

【閲歴】元永《げんえい》元年（一一一八）生まれ。初めて武家政権を拓いた平安末期の武将。07・08・09・10でみた平忠盛の嫡男《ちゃくなん》。実の父は白河院とも、母は白河院の女房とも祇園女御の妹とも言われ、白河院の寵姫であった祇園女御に育てられる。保元・平治の乱での活躍などにより最終的には従一位太政大臣《じゅいちいだいじょうだいじん》に昇り、37でみる娘の徳子《とくし》は高倉《たかくら》天皇の中宮《ちゅうぐう》となって安徳《あんとく》天皇を産んだ。律令体制の崩壊する社会で、寺社勢力や貴族たちと折り合いながら、日宋《にっそう》貿易や福原遷都《ふくはらせんと》などの新たな事業を開拓するが、治承《じしょう》・寿永《じゅえい》の乱の勃発《ぼっぱつ》によって頓挫《とんざ》し、道半ばにて病死した。治承五年（一一八一）没。享年六十四歳。

古活字本《こかつじぼん》『平治物語《へいじものがたり》』巻上「六波羅《ろくはら》より紀州《きしゅう》へ早馬《はやうま》を立てらるる事」に引用された歌であり、平治《へいじ》元年（一一五九）、清盛四十一歳の作とされる。

平治元年十二月九日の夜、後白河法皇の院御所である三条烏丸殿《さんじょうからすまどの》が源義朝《みなもとのよしとも》の軍勢に包囲され、焼き払われた。平治の乱の勃発《ぼっぱつ》である。

【語釈】○卵—鳥の卵。○帰り—孵化する意の「孵り」を掛ける。○飛びかけり—馬の名「飛鹿毛」を掛ける。○育くみ—守り育てる意の「はぐくみ」の転。○大鳥

『平治物語』によると、当日清盛は熊野参詣のために紀伊国の二川宿《ふたがわのしゅく》に赴《おもむ》いており、翌十日に早馬《はやうま》の知らせによって＊藤原信頼《ふじわらののぶより》が義朝と共謀して謀《む》反《ほん》を起こしたという一報を得た。清盛は急遽《きゅうきょ》帰京して反乱軍を討伐する決意を固め、筑後守《ちくごのかみ》＊平家貞《たいらのいえさだ》や熊野三社の別当《べっとう》＊湛増《たんぞう》、紀伊の武士＊湯浅宗重《ゆあさむねしげ》などの協力によって軍勢を整え、義朝の嫡子《ちゃくし》＊義平《よしひら》が摂津国天王寺《せっつのくにてんのうじ》、阿倍野《あべの》の松原《まつばら》にて三千騎の軍勢で清盛らを迎え撃つようだという情報を得て、伊藤景《いとうかげ》綱《つな》など伊賀や伊勢の郎等《ろうどう》の助力を仰ぎ、阿倍野に向かった。右の歌は、和泉国の大鳥大社において、戦の勝利を祈願したときのものである。清盛は十七日に京に戻るが、その間に後白河院の近臣であった＊信西《しんぜい》が梟首《きょうしゅ》される。二十五日に二条《にじょう》天皇を内裏より六波羅の清盛邸に移し、公卿たちは清盛邸に結集した。二十六日、内裏にて合戦が始まり、清盛は信頼・義朝を討ち取った。

　信頼・義朝の叛乱《はんらん》の一報を聞いて、清盛が熊野参詣より急遽六波羅に戻った経緯は『＊愚管抄《ぐかんしょう》』にも記され、『平治物語』諸本に語られるが、この清盛の歌を記すのは、『平治物語』でも流布本《るふぼん》とされる古活字本系のみである。この清盛清盛のこの活躍を皮切りに、院の近臣の一掃《いっそう》や源氏の打倒によって築かれた平家の繁栄が神の加護によるものと解釈されたのであろう。

の神―大阪府堺市にある大鳥大社の神。

＊藤原信頼―後白河院の寵臣《ちょうしん》として正三位権中納言に至る（一一三三―一一六〇）。

＊平家貞―平忠盛・清盛父子の側近（一〇八三―一一六七）。

＊湛増―第二十一代熊野別当（一一三〇―一一九八）。

＊湯浅宗重―紀伊国在田郡湯浅庄を治めた武士。生没年未詳。

＊義平―義朝の長男。悪源太《あくげんた》と呼称された（一一四一―一一六〇）。

＊信西―俗名《ぞくみょう》藤原（または高《たか》階《しなの》）通憲《みちのり》。後白河院の乳父《めのと》として権謀をふるった（一一〇六?―一一六〇）。

＊愚管抄―天台座主《てんだいざす》で歌人でもある慈円《じえん》により記された歴史書。承久二年（一二二〇）に一旦成立した後、元仁《げんにん》元年（一二二四）までに増補された。

16

家の風吹くともみえぬ木《こ》の許《もと》に書き置く言《こと》の葉を散らすかな

平経盛《たいらのつねもり》

【出典】風雅和歌集・雑・一八三八、経盛集・一〇九

平家には代々和歌の家の風など吹いているとは思えませんのに、あなたのような和歌の権威にお見せすると、書き遺したこんな拙《つたな》い和歌でも、風が散らすように世に広まってゆくのですね。

【閲歴】天治《てんじ》元年（一一二四）生まれ。07・08・09・10でみた忠盛の三男で15でみた清盛の弟。34・35でみる経正・敦盛の父。三十七歳から六十歳まで近衛・二条天皇の二代の后《きさき》として有名な多子《たし》に仕えた。武将としてより歌人として名高く、多子の兄弟である左大臣藤原実定《さねさだ》や、多子の女房《にょうぼう》であった小侍従《こじじゅう》など、当時の歌壇の中心的人物と親しく交流し、自邸でしばしば歌合を催した。元暦《げんりゃく》二年（一一八五）三月、壇の浦の戦いで、23でみる弟の教盛と共に鎧《よろい》の上に碇《いかり》を負い、手を取り合って入水《じゅすい》したという。享年六十二歳。家集に『経盛集』。

『風《ふう》雅集《がしゅう》』の詞書によると、藤原俊成*より、父忠盛の和歌を撰集の参考にしたいので忠盛の作品を教えてほしいという意向を受けて詠んだ歌で、仁安《にんあん》三年（一一六八）から安元《あんげん》三年（一一七七）、経盛四十五歳から五十四歳までの間の作。経盛は、平家の歌人の中で父忠盛の歌人的側面を最も濃厚に受け継ぎ、平

【詞書】皇太后宮大夫《くわうたいこうぐうのだいぶ》俊成《しゆんぜい》打《う》ち聞《ぎ》きせんとて、忠盛朝臣《あそん》歌を請《こ》ひけるに、遣はすとて詠める（風雅集）。

【語釈】○家の風―代々に伝

家歌壇の中心的役割を果たした。二十代の頃より忠盛の自邸にて催された歌《か》会《かい》に出詠《しゅつえい》し、仁安二年（一一六七）には、六条家《ろくじょうけ》の*藤原清輔《ふじわらのきよすけ》が判者《はんじゃ》を務めた『太皇太后宮亮《たいこうたいごうぐうのすけ》平経盛《たいらのつねもり》朝臣《あそん》家《け》歌合《うたあわせ》』を催した。嘉応二年（一一七〇）、藤原俊成が判者を務めた『住吉社歌合《すみよししゃうたあわせ》』には、息男の経正と共に出詠している。

清輔の父の藤原顕輔《ふじわらのあきすけ》は、俊頼《としより》の『金葉集』に自分の歌が撰入されるに際して、「*家の風吹かぬもの故《ゆゑ》羽束師《はづかし》の森の言《こと》の葉散らし果てつる」と詠み、歌人としての実力が、和歌の家業にふさわしくないと表現した。その顕輔が『金葉集』に次いで『詞花集』を撰進するに当たって、藤原俊成の和歌を撰入しようとした時、俊成は亡くなった父俊忠《としただ》の和歌を顕輔に送り、「*木《こ》の本《もと》に朽《く》ち果《は》てぬべきかなしさに古《ふ》りにし言《こと》の葉を散らすかな」という自詠《じえい》の作を付して、父の歌をまず認めてほしいと書き送った。俊成は、個人としての名声よりも、和歌の家としての御子左家《みこひだりけ》の再興《さいこう》と確立を願ったのである。

経盛の歌は、顕輔と俊成のこのやりとりを踏まえているものと思われ、和歌を家業として、高らかに宣言しているものと考察される。この歌は、これまで『忠盛集』成立の過程を知る上で貴重な資料と捉えられてきたが、平家歌壇の意義を問い直す上でも、重要な示唆《しさ》に富む作品である。

わる家業。吹く・散らすは縁語。○木の許—頼るべき拠り所。○言の葉—木々の葉を掛ける。木の縁語。

*藤原俊成—04参照。

*藤原清輔—私撰集『続詞花集《しょくしかしゅう》』の撰者（一一〇四—一一七七）。六条家の歌学を大成した。

*家の風…—代々続く和歌の家に生まれたのに、私には和歌の才能が伝わらず、風が羽束師の森の木々の葉を散らしてしまうように、恥ずかしくも拙《つたな》い和歌を詠み散らしてしまいました（金葉集・五五五）。

*木の本に…—大木のような、和歌の権威のあなたの足元で朽ち果ててしまう哀しさに、私は年月が経って古くなってしまった父の歌を、木の葉が散るように書き散らしていることです（長《ちょう》秋詠藻《しゅうえいそう》・三七二）。

17

いかにせむ御垣《みかき》が原に摘《つ》む芹《せり》の音《ね》にのみ泣けど知る人のなき

平経盛《たいらのつねもり》

【出典】千載和歌集・恋・六六八、治承三十六人歌合・六四

どうしたらよいのだろうか。御垣が原のある大和《やまと》で、恋しい后のために芹を摘んでは御簾《みす》に置いていた昔の官人のように、私は叶《かな》わぬ恋の嘆きで嗚咽《おえつ》を漏らして泣いている。だがそれを知ってくれる人は誰もいないのだ。

【語釈】○御垣が原―大和国の歌枕。皇居の庭。○音にのみ泣けど―芹の根を掛ける。庭掃除の官人が芹を食べる后に思いを寄せ、芹を御簾のあたりに置いて、思いを伝えようとした伝承

【閲歴】16参照。

『千載集』に「読み人知らず」として入集《にっしゅう》する歌。『治承三十六人歌合』の作者表記により、治承三年（一一七九）、経盛五十六歳以前の作と知られるが、作者と歌語《かご》の伝承において問題のある歌である。

『平家物語』でも延慶本《えんぎょうぼん》と呼ばれる系統の諸本では、*忠度《ただのり》が都に戻り、藤原俊成に詠草《えいそう》一巻を託したときに、忠度の詠んだ二首のうちの一首として掲

載される。忠度の詠んだもう一首とは、覚一本『平家物語』巻七「忠教都《ただのりのみやこ》落《おち》」にも引用される、「*さざ波や志賀の都は荒れにしを昔ながらの山桜《やまざくら》かな」である。『千載集』では二首ともに「読み人知らず」として入集されたため、『平家物語』の創作過程で作者の混同が生じたのであろうか。

　さらに、歌語の問題としては、『治承三十六人歌合』や『平家物語』などでは、第二句の「御垣が原」が「宮城《みやぎ》の原」になっている。おそらく、当初の形態は、「宮城の原」であったであろう。「宮城の原」は陸奥《むつ》国の歌枕《うたまくら》である。都の人々にとって、奥州は源頼朝によって征伐された異質な場所としての記憶が新しかったであろう。それに対し、「御垣が原」とは皇居の庭を指すが、*源俊頼《みなもとのとしより》によって、奈良の官人の恋を詠った「*芹摘《せりつ》みし昔の人もわがごとや心に物《もの》は叶《かな》はざりけむ」という伝承歌が紹介されてより、院政期に歌人たちの間で好んで用いられた。

　俊成による「御垣が原」への歌語の変換は、賊軍《ぞくぐん》としての平家ではなく、皇居を守る御垣守《みかきもり》に奈良の官人の甘美な恋のイメージを重ねており、歌人としての経盛に対する配慮によるものだったのではなかろうか。

(俊頼髄脳《としよりずいのう》)を踏まえる。

*忠度―平忠盛の六男。忠教とも。27・28参照。

*さざ波や……―27で取り上げる。

*源俊頼―『金葉集』の撰者(一〇五五?―一一二九)。

*芹摘みし……―芹を摘み、虚しく后に恋をした昔の官人も、全く我が身と同じであるよ。私も秘めた恋の思いを叶えることができないのだ(俊頼髄脳・二八八)。

18

今ぞ知る御裳濯河《みもすそがは》の流れには波の下《した》にも都ありとは

平時子《たいらのときこ》

【出典】延慶本《えんぎょうぼん》平家物語・巻十一・壇ノ浦ノ合戦ノ事

今になってわかりました。天照大御神《あまてらすおおみかみ》の末裔《まつえい》である安徳天皇にとっては、浪の底にも都があるということを。

【閲歴】生年未詳。高棟王《たかむねおう》流平氏、兵部権大夫《ひょうぶごんのだいぶ》正五位下《しょうごいげ》平時信《たいらのときのぶ》の娘で、15でみた平清盛の正室。30でみる宗盛、36でみる知盛、38・39でみる重衡、37でみる建礼門院徳子《とくし》らの母。妹滋子《しげこ》は後白河《ごしらかわ》天皇に入内《じゅだい》して高倉《たかくら》天皇を産み、時子は乳母《めのと》となる。徳子の高倉天皇入内とともに従二位《じゅにい》となり、二位の尼と呼ばれた。元暦二年（一一八五）三月二十四日、安徳天皇を抱いて壇の浦に入水《じゅすい》。

【語釈】○御裳濯河の流れ―伊勢神宮内宮《ないくう》である皇大神《こうたいじん》宮《ぐう》の西端を流れる、聖なる五十鈴川《いすずがわ》。

延慶本《えんぎょうぼん》『平家物語』巻十一「壇ノ浦ノ合戦ノ事」などで、元暦《げんりゃく》二年（一一八五）三月二十四日、壇の浦に入水する直前に詠んだとされる作。壇の浦の戦いで源氏の武者たちが平家の船に乗り移って来ると、最期の覚悟を決めていた時子は喪服を身につけ、三種の神器《じんぎ》の神璽《しんじ》を脇に挟《はさ》み宝剣を腰に差し、安徳天皇を胸に抱いて「私は女の身ではありますが、虜囚《りょしゅう》の辱《はずかし》めは受けません。

帝《みかど》に忠心《ちゅうしん》をお尽くしになる方は、私の後《あと》へ続きなさいませ」と言って船縁《ふなべり》に進んだ。八歳の帝は困惑して「お婆さま、私を一体どこにお連れになるの」と尋ねた。時子は「東の伊勢大神宮にお暇《いとま》申し上げて、西方《さいほう》の極楽浄土へ参りましょう。念仏なさいませ」と言って、この歌を詠んだという。覚一本『平家物語』では、「波の下にも都のさぶらふぞ」という下の句の歌意だけを取り上げており、時子の最期の台詞《せりふ》として特に有名である。

時子の歌の背景には、平家の氏社《うじしゃ》が厳島《*いつくしま》神社であるように、平家の人々の龍神信仰《りゅうじんしんこう》が指摘される。清盛や時子にとって、帝である安徳天皇は龍神の化身《けしん》であった。従って右の歌は、幼い安徳天皇の不安を取り除く方便《ほうべん》というより、帝の入水が神として龍宮に戻ることを意味するものと解釈される。

源頼朝は三種の神器と安徳天皇の保護を命じていたにもかかわらず、義経の強行作戦により、時子の入水とともに全て海中に沈んでしまった。その後の捜索で神璽は見つかり、宝鏡と合わせて二種確保されたが、宝剣はついに見つからなかった。結果として、時子は安徳天皇を永遠に聖なる龍王と成し得たのに対し、即位した後鳥羽《ごとば》天皇の正当性は不安定なものとなり、やがて王権の根拠が揺らぐ基《もとい》となったのである。

＊厳島神社―安芸《あき》の宮島《みやじま》。広島県廿日市《はつかいち》市にある。現在日本三景の一つとして知られる。

19 燃え出《い》づるも枯るるも同じ野辺《のべ》の草いづれか秋に逢《あ》はで果《は》つべき

祇王《ぎおう》

【出典】覚一本平家物語・巻一・祇王《ぎわう》

春になって若芽が萌え出るのも秋の霜に枯れてゆくのも、もとは同じ野辺の草であるように、寵愛を得て時めくのも寵愛を失って凋落《ちょうらく》するのも、同じ人間に起ること。必ず秋が来るように、飽きられて捨てられてしまうに違いないのですよ。

【閲歴】生没年未詳。15でみた清盛に寵愛された白拍子《しらびょうし》で、祇女《ぎにょ》の姉、母はとぢ。清盛の寵愛が仏御前《ほとけごぜん》に移った後、母と妹と三人で嵯峨《さが》の山里に隠遁し、念仏を唱えて過ごした。その後、仏御前が庵《いおり》を訪ね、四人で極楽往生したという。法華長《ほっけちょう》講弥陀三昧堂《こうみださんまいどう》（長講堂《ちょうこうどう》）の過去帳《かこちょう》に、「祇王・祇女・仏・とぢ」の四人の名があるとされる。

覚一本『平家物語』巻一「祇王《ぎわう》」において、平清盛の悪行《あくぎょう》の象徴として語られる有名なエピソードに引用される歌。

*白拍子であった祇王は、清盛の寵愛を受けて、妹の祇女・母のとぢと豪邸に暮らし、毎月米百石《こく》と銭百貫《かん》を贈られて、人も羨《うらや》む生活をしていた。

しかし三年後、加賀の国から、仏御前《ほとけごぜん》という十六歳の美しい白拍子が清盛

【語釈】○枯るる―「離《か》るる」を掛ける。「燃え」と共に草の縁語で、秋の縁語。○秋―「飽き」を掛ける。

*白拍子―水干《すいかん》を着て今様をうたい、舞を舞った女性芸能者。

の西八条の別邸に推参《すいさん》した。清盛は、祇王の面前で他の白拍子が舞を舞うことを憚《はばか》り、仏御前を追い返そうとしたが、祇王は仏御前を呼び返し、清盛との対面を叶わせた。仏御前の今様《いまよう》や舞を見た清盛は仏御前に心が移り、その場で仏御前を別邸に迎え入れ、祇王に出て行くように命じた。右の歌は、館《やかた》を追い出される祇王が、部屋の障子《しょうじ》に書き付けたものとされる。

さらに後日、傷心の祇王は清盛から、仏御前の退屈を紛《まぎ》らせるために参上して舞を舞えという屈辱的な命令を受ける。要求に従わなければ都で生活できないようにするという脅迫まで受け、祇王は妹の祇女を伴って清盛の別邸に参上した。そこで祇王は、「*仏《ほとけ》も昔は凡夫《ぼんぷ》なり　我等《われら》も終《つひ》には仏なり　いづれも仏性具《ぶつしやうぐ》せる身《み》を　隔《へだ》つるのみこそ悲しけれ」という今様《いまよう》をうたい、平家の人々の涙を誘った。

清盛の専横《せんおう》ぶりが際立《きわだ》つ説話であるが、祇王の内面の変化が詳細に描かれており、右の歌は、祇王が愛の無常《むじよう》を観《かん》じて極楽往生への道を選び取る転換点を表している。今様には芸能者が来世《らいせ》での極楽往生を願う歌が多い。右の歌は、愛の無常の悲しみを契機に、ひとりの女性が自立に目覚めたとき、極楽往生に収斂《しゅうれん》されるしかない時代の制約も象徴されているようだ。

＊仏も昔は凡夫なり……「仏も昔は人なりき、我等《われら》も終《つひ》には仏なり、三身仏性具《さむじんぶつしやうぐ》せる身と、知らざりけるこそあはれなれ」（梁塵秘抄《りようじんひしよう》・二三二）に拠る。自分も仏御前も、同じ白拍子であるのに、立場を隔てていることが悲しいことよ、という意。

20

眺《なが》むれば濡るる袂《たもと》に宿りけり月よ雲居《くもゐ》の物語《ものがたり》せよ

源仲綱《みなもとのなかつな》

【出典】玄玉集《げんぎょくしゅう》・天地・一五四、治承三十六人歌合・一六一

物思いにふけってぼんやりと空を眺めていると、涙で濡れた袂に月光が宿っている。月よ、宮中に昇っていた頃の、懐かしい昔話を私に語っておくれ。

【詞書】蔵人下りて後の秋、月を見て詠める（玄玉集）。

【語釈】○濡るる袂—涙で袂が濡れること。○雲居—宮中の意を掛ける。月の縁語。

【閲歴】大治《だいじ》元年（一一二六）生まれか。11・12・13・14でみた源頼政の嫡男、05・06でみた仲正の孫。二条天皇の皇太子時代に蔵人《くろうど》となり、二条・六条・高倉の三代に大内守護《たいだいしゅご》として近侍《きんじ》した。以仁王《もちひとおう》が平家追討の令旨《りょうじ》を出した時、源氏の蜂起《ほうき》を呼び掛けたのが仲綱である。頼政・仲綱の挙兵のきっかけは、仲綱の愛馬が30でみる平宗盛に奪われ、恥辱《ちじょく》を受けたことが原因とされる。歌人としても優れ、俊恵《しゅんえ》や藤原俊成などに高く評価された。治承四年（一一八〇）、宇治橋の戦いにおいて敗れ、平等院釣殿《びょうどういんつりどの》にて自害した。享年五十五歳か。

保元三年（一一五八）に二条天皇が即位し、蔵人を辞して以後、仁安三年（一一六八）頃まで、仲綱三十三歳頃から四十三歳頃の間に詠まれた作である。

仲綱は、二条天皇が即位した後、従五位下《じゅごいげ》に補《ほ》され、隠岐守《おきのかみ》や伊豆守《いずのかみ》という地方の受領《ずりょう》を歴任した。右の歌からはまるで宮中から追放されたような嘆きを感じるが、仲綱はむしろ順調な昇進を遂げていた。受領は常時領地にい

る必要はなく、必要に応じて下向《げこう》した。仲綱も普段は宮中に出仕《しゅっし》したようであるが、伊豆守時代、不作のために舞姫の費用を賄《まかな》えずに辞退しており、領地の経営に苦心していた様子が窺える。仲綱は、父頼政と同様に、領地の経営にいそしむよりも、宮中における昇進に喜びを感じたのであろう。

右の歌は藤原基俊《ふじわらのもととし》の「*昔見し主顔《あるじがほ》にて梅《むめ》が枝《え》の花だに我に物語《ものがたり》せよ」という歌を参考として詠まれたものと思われる。これは、『今鏡』六「梅の木《こ》の下《もと》」にも掲載される有名な歌であり、*藤原実行《ふじわらのさねゆき》が若かった頃、失意の境遇を父公実《きんざね》に心配されたが、父の死後、権右中弁《ごんのうちゅうべん》や蔵人頭《くろうどのとう》になったときに、基俊が詠んで贈った歌とされる。のちに実行は、崇徳院《すとくいん》院政下で権勢をふるい、従一位太政大臣まで昇進した。仲綱は、おそらく実行に贈られた基俊の歌を踏まえて、実行が公実に昇進の姿を見せたかった思いを、父頼政が仲綱の将来を気遣《きづか》っていた思いに重ねて詠んだものであろう。

覚一本『平家物語』巻十一「内侍所 都入《ないしどころのみやこいり》」では、壇の浦での入水の時、安徳天皇の乳母《めのと》の帥典侍《そつのすけ》が詠んだ歌、あるいは思い出した古歌《こか》としてこの歌が引用される。この構成によって、以仁王《もちひとおう》の挙兵に応じて敗死した仲綱の最期が二重写しとなり、物語の最初と最後が呼応する効果がもたらされている。

*昔見し……—昔お会いした、この家の主人のような様子で、せめて梅の枝の花よ、私に語りかけておくれ（金葉集・六〇四）。

*藤原実行—鳥羽天皇中宮、待賢門院璋子《たいけんもんいんしょうし》（たまこ とも）の兄。八条入道相国《しょうこく》と号す。三条家の祖（一〇八〇—一一六二）。

21

恋しくは来《き》てもみよかし身に添へる影《かげ》をばいかが放《はな》ちやるべし

源《みなもとの》 仲綱《なかつな》

【出典】覚一本平家物語・巻四・競《きほふ》

恋しく思うのならば、こちらに来て実際にご覧なさいませ。私の身に寄り添って影のようにいつもそばにいる、この鹿毛《かげ》の馬をどうして手放すことができましょうか。

【語釈】○影―馬の毛色で、茶褐色に尾や脚の先端が黒い「鹿毛《かげ》」を掛ける。○いかが―反語表現。どうしてできようか。

【閲歴】20参照。

覚一本『平家物語』巻四「競《きほふ》」に引用される歌。仲綱が伊豆守となった仁安《にんあん》三年（一一六八）頃から治承四年（一一八〇）まで、仲綱四十五歳から五十五歳の間の作とされるが、『平家物語』作者による創作であろう。

仲綱は、他に比類《ひるい》ない名馬を所有していた。鹿毛《かげ》の馬であり、名を「木《こ》の下《した》」といった。名馬の噂を伝え聞いた*平 宗盛《たいらのむねもり》は、仲綱に馬を差し出すよう

＊平宗盛―30参照。

強要したため、父頼政は仲綱に馬を進上するように助言した。そこで、仲綱はこの歌を詠んで、馬を手放したくない気持ちを宗盛に伝えようとした。

しかし、宗盛は自分の意のままに差し出さない仲綱に腹を立て、木の下に「仲綱」という名を付け、馬の体に「仲綱」という焼き印を押して、鞍《くら》を置いて鞭《むち》を打ち、物笑いの種にした。頼政と仲綱はこのことを伝え聞いて、平家を深く恨み、以仁王に挙兵を勧めたという。挙兵した頼政・仲綱が、以仁王を守護するために＊三井寺《みいでら》で合戦の準備を整えていた時、頼政の家来であり、宗盛にも仕えていた＊源競《みなもとのきおう》が、宗盛に偽って頼政に味方し、宗盛の愛馬「煖廷《なんりやう》」を連れてやってきて、「木の下の代わりに煖廷を盗《と》って参りました」と言って仲綱に進呈した。仲綱は煖廷の尾とたてがみを切り、「昔は煖廷、今は平の宗盛入道《にふだう》」という焼き印を押して宗盛に返したという。

右の歌は、『伊勢物語』七十一段の＊「恋しくは来ても見よかし千早《ちはや》振《ぶ》る神のいさむる道ならなくに」に詠まれた、禁じられた恋を背景に作られている。平家の悪業《あくごう》が神の前に許されぬ領域にまで踏み込んだことが示唆《しさ》されており、仲綱の怒りが神の裁きのように響き、平家滅亡があたかも神罰《しんばつ》であることを象徴しているような歌である。

＊三井寺—滋賀県大津市にある。天台宗総本山園城寺《おんじょうじ》。
＊源競—摂津渡辺党。滝口《たきぐち》の武士（?—一一八〇）。

＊恋しくは……—恋しく思うのならば、私のところに来て逢って下さいな。男女の恋は、神が咎《とが》める道というわけではないのですから。伊《い》勢《せ》の斎宮《さいぐう》との禁じられた恋に関連してうたった男の歌。

22

源仲綱《みなもとのなかつな》

伊勢武者《いせむしや》はみな緋縅《ひをどし》の鎧《よろひ》着て宇治の網代《あじろ》にかかりぬるかな

【出典】覚一本平家物語・巻四・宮御最期《みやのごさいご》

伊勢武者は、みな赤い緋縅の鎧を着て、まるで氷魚《ひお》のように、宇治川の網代にかかって溺れかけていることよ。

【語釈】○伊勢武者―伊勢平氏の武士。○緋縅の鎧―鮮やかな緋色の革で縅《おど》した鎧。「氷魚《ひお》（ひを）」と掛ける。○網代―簀《す》を使って漁をする仕掛け。宇治川は氷魚の網代漁で有名。

【閲歴】20参照。

覚一本『平家物語』巻四「宮御最期《みやのごさいご》」に引用される歌。治承四年（一一八〇）四月二十六日、宇治橋の戦いに敗れた仲綱が五十五歳で自害する直前の作とされるが、これも『平家物語』の作者の創作であろう。

三井寺《みいでら》に匿《かくま》われていた以仁王は、*延暦寺《えんりやくじ》や興福寺《こうふくじ》の協力を得ることができず、頼政・仲綱や三井寺の大衆《だいしゆ》らとともに、南都《なんと》に向けて出発した。宮の疲労は甚《はなは》だしく、宇治橋を渡り、平等院で休憩を取ることにしたが、平家が攻め寄せるのを防ぐために、宇治橋の橋板を柱四つ分引き外《はず》しておいた。ちょうどその時、二万八千騎の平家軍が宇治橋の袂《たもと》まで攻めてきた。

宇治川の勢いが強いため、平家軍は容易に橋を渡ることができず、また三井寺の大衆の奮戦もあり、頼政・仲綱軍は健闘していたが、*足利忠綱《あしかがただつな》が*馬《うま》筏《いかだ》を組んで川を渡る指揮を執《と》ると、平家軍は一気に平等院に攻め寄せた。

右の歌では、馬筏を組んで渡る平家軍を氷魚《ひお》に喩《たと》え、あえて嘲笑の口調を装ってはいるが、今まで見たこともない馬筏という戦法によって、真っ赤な緋縅《ひおどし》の鎧《よろい》の軍勢が川の流れをものともせずに押し寄せてくることに、仲綱の驚きと恐れが示されていることを見逃すことはできない。忠綱の提案した馬筏は、*利根川《とねがわ》を挟《はさ》んで常に合戦している坂東武者《ばんどうむしゃ》の戦法であり、都の武士との違いを強烈に知らしめるものであった。

仲綱はこの直後に重傷を負い、平等院釣殿《つりどの》において自害する。右の歌は、仲綱の視線を借りて、都の貴族が武士の異質性に恐怖を感じてうたったものであろう。平家軍の勝利は、やがて来《きた》るべき武士の時代を予感させるものとなっている。

*延暦寺や興福寺の協力―三井寺は延暦寺や興福寺に対して、団結して仏敵である平家を打倒することを呼び掛けたが、平家の懐柔作戦により、延暦寺や興福寺は参戦を見送った。

*足利忠綱―下野守《しもつけのかみ》。平将《まさ》門《かど》を討伐した藤原秀郷《ひでさと》の子孫（一一六四？―？）。

*馬筏―流れの速い川で、何頭もの馬を筏のように組んで、川を渡る方法。

*利根川を挟んで常に合戦―桓武平氏将恒《まさつね》の子孫である秩父《ちちぶ》氏と足利氏は、長年戦を続けていた。

23

今日《けふ》までもあればあるかの我が身かは夢のうちにも夢を見るかな

平《たいらの》教盛《のりもり》

【出典】覚一本平家物語・巻九・三草勢揃《みくさせいぞろへ》

今日までも生きてこの世にある、という事実をせめてのよすがとするような生、生きているのかどうかわからないような我が身は、本当の人生ではなく、仮の世である。まるで夢の中で夢を見ているようだ。

【閲歴】大治《だいじ》三年（一一二八）生まれ。07・08・09・10でみた平忠盛の四男で、15でみた清盛、16・17でみた経盛の弟。通盛《みちもり》・教経《のりつね》の父。後白河院や、二条・六条・高倉・安徳天皇に仕えた。安元《あんげん》三年（一一七七）の鹿ヶ谷《ししがたに》の陰謀事件が発覚した時、娘を首謀者のひとりである藤原成親《なりちか》の嫡男成経《なりつね》に嫁がせていたため、清盛に成経の助命を必死に嘆願した。「あはれ、人の子をば持つまじかりけるものかな」（覚一本平家・巻二・少将乞請《せうしやうこひうけ》）という台詞が、親心の切なさを表すものとして有名である。門脇《かどわき》中納言と号した。元暦二年（一一八五）、壇の浦にて、経盛と手を取り合って入水。享年五十八歳。

【語釈】○あればあるかの我が身―生きてこの世にあれば、生きているのかと言える程度の生の実感。生きているかどうかわからないような状態。

覚一本『平家物語』巻九「三草勢揃《みくさせいぞろへ》」に引用される有名な歌。寿永三年（一一八四）、教盛五十七歳の時に詠まれた作とされるが、これも『平家物語』作者による創作と思われる。

寿永二年（一一八三）閏《うるう》十月、教盛の次男である能登守《のとのかみ》*教経の活躍で、平家は翌三年（一一八四）には福原まで押し返した。教盛・*通盛・教経父子は、平家に叛《そむ》いて源氏に同心《どうしん》しようとした西国の在地武士を次々と破り、教経は「今は討つべき敵《かたき》なし」と言われる程、高名《こうみょう》を挙げて福原に上った。二月四日、福原にて清盛の忌日《きにち》の仏事と新年の除目《じもく》が行われた。教盛は正二位大納言に任じられたが、辞退して右の歌を詠んだという。この歌には、戦乱の中で官位が上っても、まるで虚構に生きているようだという無常観がうたわれている。総大将として指揮を執り、息子たちが華々しい活躍をしても、教盛は無常観を抱えながら戦っていたのであろうか。

　この歌は、*慈円《じえん》の「*旅の世に又旅寝《またたびね》して草枕《くさまくら》夢のうちにも夢を見るかな」に基づく。旅の世とは、この世を仮《かり》の世とする*三世輪廻《さんぜりんね》の思想を表しており、無常観を背景とした考えであるが、*末法思想《まっぽうしそう》が浸透し、戦乱の世にあって、人々に共有されていた感覚とはいえ、この教盛の歌の無常観は突出している。教盛の感受性は、新古今歌人である*藤原家隆《いえたか》の娘であった母から受け継ぎ、異母兄清盛と対立する中で深化していたのであろうか。官位の昇進も欲せず、一の谷の戦いで子息たちを亡くし、兄経盛と共《とも》に鎧《よろい》に碇《いかり》を繋《つな》げて入水した教盛のあり方が、無常観を体現するように感じられたのであろう。

*教経—正五位下能登守（一一六〇—一一八五）。

*通盛—教盛の嫡男。別名公盛（一一五三—一一八四）。

*慈円—天台座主《てんだいざす》で歌人。家集に『拾玉集』がある（一一五五—一二二五）。

*旅の世に……—仮の世であるこの世で、さらにまた旅寝をするとは、まるで夢の中で夢を見ているような、はかないことだ（千載集・五三二）。

*三世輪廻—前世、現世、来世と三世にわたって輪廻すること。

*末法思想—永承《えいしょう》七年（一〇五二）に末法の世に入ったとされた。

*藤原家隆—かりゅうとも。『新古今集』撰者の一人（一一五八—一二三七）。

24

返り来《こ》む事は堅田《かただ》に引く網《あみ》の目にも溜《た》まらぬ我が涙かな

平時忠《たいらのときただ》

もう一度、ここに帰ってくるのは難しいだろうと思うにつけ、堅田の漁師が引く網の目に水が溜まらないように、私の目にも、溜まる暇《いとま》がない程、とめどなく涙が流れ落ちることです。

【出典】覚一本平家物語・巻十二・平大納言被流《へいだいなごんのながされ》

覚一本『平家物語』巻十二「平大納言被流《へいだいなごんのながされ》」に引用される歌で、元暦二年（一一八五）、時忠五十八歳の時の作とされる。時忠は、寿永二年（一一八三）、三種の神器の一つである＊内侍所《ないしどころ》を持ち出し、平家の都落ちに同行した。元暦二

【閲歴】大治三年（一一二八）、あるいは同五年（一一三〇）生まれとも。桓武平氏、高棟王《たかむねおう》流の堂上《どうじょう》平氏。贈左大臣平時信《たいらのときのぶ》の長男。18でみた平清盛の妻時子、後白河院の女御建春門院滋子《にょうごけんしゅんもんいんしげこ》は同母妹、29でみる正二位中納言親宗《ちかむね》は異母弟。平《へい》大納言と呼ばれ、平家繁栄の象徴として有名な「この一門にあらざらむ人は、皆人非人《みなにんぴにん》なるべし」（覚一本平家・巻一・禿髪《かぶろ》）という言葉は時忠の言である。しかし、堂上平氏である時忠は建春門院の側近として仕え、15でみた清盛や後白河院とは距離を置いていた。和歌にも優れ、藤原俊成判の『別雷社歌合《わけいかずちしゃうたあわせ》』などに出詠した。三種の神器の一つである内侍所《ないしどころ》を携えて都落ちしたが、壇の浦で捕虜となった。帰京の後、娘を44でみる源義経に嫁がせたが、能登に配流され、文治五年（一一八九）、同地で没した。享年六十二歳、あるいは六十歳。

【語釈】○堅田―滋賀県大津市。琵琶湖の西南に位置する。難しいという意味の「難い」を掛ける。網は縁

年三月に壇の浦で平家が滅亡した際に捕虜となり、四月に帰京した後は源義経に娘を嫁がせ、しばらく都に留まっていた。

しかし、義経と時忠の娘との婚姻は、頼朝が義経に不信感を抱く要因となった。頼朝は、平家の残党が配流地《はいるち》に速やかに赴《おもむ》くことを命じた。時忠は配流地に赴《おもむ》く直前に、建礼門院徳子《けんれいもんいんとくし》に面会する。徳子にとって時忠は伯父に当たるが、時忠は建春門院滋子の兄であり、側近として公私に亘《わた》って親しかった関係から、最も近しい臣下でもあった。時忠は、吉田《よしだ》に仮住まいしていた建礼門院を訪ね、最後の別れを惜しむ。右の歌は、能登《のと》に赴く直前、時忠が女院《にょういん》と別れの挨拶を交わした時に詠んだとされる。

しかし、この歌は、恵円《けいえん》法師の「*返《かへ》り来《こ》ん程《ほど》は堅田《かただ》に置く網《あみ》の目《め》に溜《た》まらぬは涙なりけり」と酷似《こくじ》しており、おそらく恵円の歌を転用したものと推定される。恵円の歌は、*弟子の稚児《ちご》が暇乞《いとまご》いをするのを惜しんで詠んだものであるが、京を後にする時忠と建礼門院との別れの場にふさわしい歌として、引用されたのであろう。恵円と時忠はともに『別雷社歌合』に出詠しており、おそらく恵円の和歌引用の背景には、そうした*賀茂別雷《かもわけいかずち》神社を舞台とした歌人の媒介《ばいかい》の可能性が指摘できよう。

語。「堅田に引く網の」が序詞として、「目にも溜まらぬ」を導く。○網の目―自分の目を掛ける。

*内侍所―三種の神器の一つである神鏡を納めていた部屋のこと。神鏡の別名としても使われた。

*返り来ん……―月詣《つきもうで》和歌集・八一七。

*弟子の稚児が暇乞い―詞書に「弟子なりける童《わらは》の暇乞《いとま》ひて、人の許《もと》へ罷《まか》りけるが、去りぬべからず思ひ、またもまで来《こ》むと申しければ詠める」とある。

*賀茂別雷神社―京都市北区にある。通称上賀茂《かみがも》神社。

25

平重盛《たいらのしげもり》

墨《すみ》染めの衣《ころも》の色と聞くからによその袂《たもと》も絞《しぼ》りかねつつ

【出典】延慶本平家物語・巻二・成親卿《なりちかきやう》出家ノ事

あなたが出家したという報告でさえも、他人事でなく、まるで自分の身が切られるように思われ、涙に濡れた袂をどんなに絞っても、絞りきることができないほどです。

【閲歴】保延四年(一一三八)生まれ。15でみた清盛の長男。小松殿《こまつどの》と呼ばれた。30でみる宗盛、36でみる知盛、38・39でみる重衡、37でみる徳子の異母兄。41・42でみる維盛、45でみる資盛の父。鳥羽院以下、後白河院・二条・六条・高倉天皇に仕えた。保元・平治の乱で父清盛と共に戦い、正二位内大臣に至る。清盛と後白河院の間の調整役として働いた。安元三年(一一七七)の鹿ケ谷《ししがたに》事件で、平家討伐の謀叛《むほん》が発覚した際、事件の関係者への処罰をめぐって、清盛と対立し、寛大な措置《そち》を求めた。この事件後、重盛は政治の前線から退き、治承三年(一一七九)、病《やまい》に没した。享年四十二歳。

延慶本『平家物語』巻二「成親卿《なりちかきやう》出家ノ事」に引用される歌。安元《あんげん》三年(一一七七)、重盛四十歳の時の作とされる。同年六月、後白河院と院近臣《いんのきんしん》による平家討伐の謀反が発覚した。清盛と重盛は事件の関係者の処分について対立し、後白河院を配流《はいる》しようとした清盛に対して、重盛は「*忠《ちう》ならんと欲《ほっ》すれば孝《かう》ならず、孝ならんと欲すれば忠ならず」と涙ながらに諭《さと》して止めたと

【語釈】○墨染めの衣―僧衣。出家すること。袂、絞るは縁語。○よその袂―他人である自分の袂。その袖さえ涙で濡れると強調する。

*忠ならんと欲すれば―覚一本平家・巻二「教訓状《けうくんじやう》」で、

いう。その他の関係者の処罰についても重盛は寛大な措置を求めた。
　その背景には、事件の首謀者であった*藤原成親《ふじわらのなりちか》が重盛の妻の兄であり、嫡男維盛《ちゃくなんこれもり》の外戚《がいせき》となっていたという事情がある。重盛は、成親が備前《びぜん》に配流された後も衣類などを送り、助命《じょめい》に奔走《ほんそう》した。しかし成親とその妻が家人《けにん》に託して手紙をやりとりし、出家を報告していたことを知った清盛は、流人《るにん》の分際で自由に生活していると言って激怒《げきど》した。結局、成親は、崖から突き落とされて殺害されたという。
　右の歌は、事件に関わった*平康頼《たいらのやすより》が*俊寛《しゅんかん》と共に薩摩国《さつまのくに》*鬼界《きかい》が島に流される際に出家したことを知らせてきたのに対し、重盛が返事に書き添えたものである。出家は年来の望みであったという康頼の手紙に対し、重盛は涙が止まらないと無念を露《あら》わにする。出家したことさえもという上の句には、成親の出家と殺害の経緯が暗示されているのであろう。身を切られるような思いをうたうこの重盛の涙は、成親を救えなかった苦い思いに溢《あふ》れている。
　この事件の後、重盛は政治から身を引き、程なく病に没する。清盛と後白河院との狭間《はざま》にあって、調整役として大きな心労を抱え、結局自らの無力さを噛みしめるしかなかった重盛の苦悩の深さが凝縮された作品である。

朝恩を説く重盛の諫言《かんげん》を、頼山陽《らいさんよう》が『日本外史』の中で意訳したもの。

*藤原成親―後白河院の近臣（一一三八―一一七七）。

*平康頼―後白河院の近臣。帰洛後、『宝物集《ほうぶつしゅう》』を著した（一一四六？―一二二〇）。

*俊寛―法勝寺《ほっしょうじ》執行《しぎょう》。赦免《しゃめん》されぬまま鬼界が島で没した（一一四三―一一七九？）。

*鬼界が島―鹿児島県薩南諸島の硫黄島《いおうじま》、または喜界島《きかいじま》か。

26

熊谷直実《くまがいなおざね》

浄土《じやうど》にも剛《かう》のものとや沙汰《さた》すらん西に向かひて後《うし》ろ見せねば

【出典】法然上人行状絵図《ほうねんしょうにんぎょうじょうえず》・二十七

極楽浄土に行っても、あの男は勇猛な武士だと評判になるだろうか。私がずっと西に向かったままで、決して阿弥陀如来に背中を見せないでいるから。

【閲歴】永治《えいじ》元年（一一四一）生まれ。鎮守府《ちんじゅふ》将軍平貞盛《さだもり》の子孫。直貞《なおさだ》の次男。父の代から武蔵国大里郡熊谷郷（現埼玉県熊谷市）の領主を務め、熊谷次郎直実と称する。最初36でみる平知盛に仕えたが、治承四年（一一八〇）の石橋山《いしばしやま》の戦いの後、源氏側に転じ、御家人《ごけにん》の一人となる。寿永三年（一一八四）の一の谷の戦いで、平敦盛《たいらのあつもり》と一騎打ちとなり、自分の息子ほどの年齢の敦盛を斬ることに苦悩した話は、謡曲『敦盛《あつもり》』、幸若舞《こうわかまい》や歌舞伎などの題材とされた。久下直光《くげなおみつ》との領地争いで敗れ、出家して法然《ほうねん》の弟子となり、法力房蓮生《ほうりきぼうれんせい》と名乗った。法然生誕の地に誕生寺《たんじょうじ》、熊谷郷に蓮生山熊谷寺《ゆうこくじ》など、諸国に多数の寺を創建したことでも有名。承元《じょうげん》二年（一二〇八）没、享年六十八歳。

【語釈】○剛のもの―勇猛な武士。○沙汰―評判。

『法然上人行状絵図《ほうねんしょうにんぎょうじょうえず》』に引用される有名な歌で、元久《げんきゅう》二年（一二〇五）頃、直実六十五歳くらいの時の作。

熊谷直実は、源平の合戦の時、*途中から源頼朝に従い、武名高い御家人《ごけにん》として信頼されていた。しかし建久《けんきゅう》三年（一一九二）、*久下直光《くげなおみつ》の治める久下郷と本

*途中から源頼朝に従い―上京した直実は、最初平知盛に仕え、治承四年（一一八〇）

領の熊谷郷との境界争いに負けて出家し、蓮生《れんせい》と名乗って法然*の弟子となった。
ある時、直実が後生《ごしょう》について法然に尋ねたところ、法然は「罪が軽いか重いかなど関係ありません。念仏しさえすれば往生するのです」と答えた。それを聞いた直実は、「手足をも切り、命をも捨ててこそ、後生は助かるだろうと思っておりましたのに、ただ念仏すれば往生できるとは、あまりに嬉しくて涙が出ます」と言ってさめざめと泣いたという。その後、直実は熱心に念仏に励む修行者《しゅぎょうしゃ》となって法然に付き従った。

京から関東に戻る時、直実はずっと鞍《くら》を前後逆さまに置いて、馬を引かせたという。その意味を問われた直実は、右の歌を詠み、「*行住坐臥《ぎゃうぢゅうざぐわ》、不背《ふはい》西方《さいはう》」を座右《ざゆう》の銘《めい》として実行したまでであると答えた。

法然は、ひたすら信仰に励む直実を、「坂東《ばんどう》の阿弥陀仏」と呼んだ。直実は関東に下向《げこう》した後も、法然と度々《たびたび》書簡を交わして教学《きょうがく》に励み、建永《けんえい》二年（一二〇七）、自ら予言した日時に、群衆の面前で往生を遂げたという。

右の歌は、武将であった時と同様に、僧侶としても愚直で誠実であった直実の生き方を象徴している。しかし直実の一途《いちず》さの背景には、殺人を生業《なりわい》とした武士の本質に内在する、深い罪業観《ざいごうかん》の苦悩を認めなければならない。

の石橋山の戦いまで平家方として戦った。

*久下直光―直実の母方の伯父で、直実を養育した。生没年未詳。

*法然―日本浄土宗の開祖。親鸞などの師（一一三三―一二一二）。

*行住坐臥、不背西方―寝ている時も、起きている時も、阿弥陀如来《あみだにょらい》のいる浄土の方向である西に決して背を向けない、ということ。

27

さざ波や志賀《しが》の都は荒れにしを昔ながらの山桜《やまざくら》かな

平忠度《たいらのただのり》

【出典】千載和歌集・春・六六、忠度集・十五

ここ志賀の古い都は荒れはててしまったが、都があった昔からずっと変わらず、長等山《ながらやま》の山桜は、今もなお美しく咲き誇っていることよ。

【閲歴】天養《てんよう》元年（一一四四）生まれ。07・08・09・10でみた平忠盛の六男。15でみた清盛、16・17でみた経盛、23でみた教盛らの弟。忠教とも。熊野で生まれ育ったと言われる。以仁王・源頼政らを討った宇治橋の戦い以後、大将軍として歴戦を制した。歌人としても名高く、承安《じょうあん》元年（一一七一）の『太皇太后宮亮平経盛朝臣家歌合《たいこうたいごうぐうのすけたいらのつねもりあそんけうたあわせ》』や、治承《じしょう》二年（一一七八）の藤原俊成が判者を務めた『別雷社歌合《わけいかずちしゃうたあわせ》』などに出詠した他、自邸においても歌合を催《もよお》した。『平家物語』では、都落ちに際して、藤原俊成に自作の詠草一巻を託した話など、武芸にも和歌にも優れた文武両道の武将として描かれる。寿永三年（一一八四）、一の谷の戦いにて敗死。享年四十一歳。家集に『忠度集』。

『千載集』では「読み人知らず」として載るが、覚一本『平家物語』巻七「*忠教都落《ただのりのみやこおち》」において、入集《にっしゅう》の経緯が語られる有名な歌。『*為業歌合《ためなりうたあわせ》』において詠まれた歌で、仁安《にんあん》元年（一一六六）から治承二年（一一七八）、忠度二十三歳から三十五歳の間の作。

『平家物語』によると、寿永二年（一一八三）、忠度は西国に逃れる途中、従者

【詞書】為業歌合に、故郷の花を（忠度集）。

【語釈】○さざ波や―「楽浪《さざなみ》」（琵琶湖南西岸の古名）を掛ける。志賀の枕詞。○志賀の都―天智天皇の開いた大津京。○昔ながらの―大津

と引き返し、藤原俊成の五条の邸宅を訪ねて、「勅撰集に、たとえ一首でも入れていただけるならば、あの世でも嬉しく思い、あなた様をお守り申し上げます」と言って、自詠《じえい》の巻物を俊成に託し、西国に落ちていった。

後に俊成が『千載集』の撰者となった時、罪人となった忠度のこの歌を、「読み人知らず」として入集したという有名なエピソードであるが、忠度の詠草百首は前年の寿永元年に撰集された『*月詣和歌集《つきもうでわかしゅう》』の資料に使われており、俊成も同年に忠度の詠草を入手していたはずであるから、歌はともかく、この話は『平家物語』の虚構と考えられる。

この歌には、天智《てんち》天皇の造営した*大津京《おおつきょう》が詠み込まれている。天智の死後、天智の弟大海人皇子《おおあまのおうじ》（後《のち》の天武《てんむ》天皇）と天智の息子大友皇子《おおとものみこ》が戦う*壬《じん》申《しん》の乱が起こり、大友皇子は敗死した。*清盛の福原遷都を、天智系から天武系への皇統《こうとう》の移行になぞらえる見方もあるが、俊成の目にも、大津京や大友皇子の姿は、平家の盛衰と重なっていたのであろう。実は、*平行盛《たいらのゆきもり》と藤原定家《ていか》との間でも、この忠度と俊成の逸話《いつわ》に似た事実があった。にもかかわらず、忠度と俊成の話の方が広く語られたのは、歌の内容が壬申の乱を想起させ、平家の滅亡を予見させるものと見られたからであろう。

市の三井寺の背後にある長等山《ながらやま》を掛ける。

＊忠教―忠度の異表記。

＊為業歌合―藤原為業《ふじわらのためなり》（寂念）の主催した歌合。

＊月詣和歌集―賀茂重保《かものしげやす》撰の私撰集。寿永元年（一一八二）成立。

＊大津京―天智天皇が飛鳥《あすか》から遷した都。壬申の乱の結果、再び飛鳥に戻される。

＊壬申の乱―六七二年。

＊清盛の福原遷都を―高橋昌明氏による説。福原遷都を平氏系新王朝の樹立への足掛かりとみなす。「読書案内」参照。

＊平行盛と藤原定家との間で―46参照。

28

行《ゆ》き暮れて木《こ》の下陰《したかげ》を宿とせば花や今宵《こよひ》の主《あるじ》ならまし

平忠度《たいらのただのり》

【出典】覚一本平家物語・巻九・忠教最期《ただのりさいご》、忠度集（内閣文庫蔵浅草文庫本）

旅の途中で日が暮れてしまって、木の下陰を宿にしたならば、桜の花が今宵の宿の主となってくれるだろうに、現実には桜の花の下では休むことができないのだなあ。

【語釈】○行き暮れて—旅の途中で日が暮れて。○木の下陰—木の枝の下陰。花は縁語。○主ならまし—「まし」は反実仮想。現実には主とはなってくれないことを示す。

【閲歴】27参照。

覚一本『平家物語』巻九「忠教最期《*ただのりさいご》」に引用される有名な歌であり、寿永三年（一一八四）、忠度の最期のときの作とされる。

一の谷の戦いで西方《にしがた》の大将軍を務めていた忠度は、源氏の軍勢百騎に囲まれても取り乱すことなく、敵を追い払いつつ逃げていた。紺地《こんじ》の錦《にしき》の直垂《ひたたれ》に黒糸縅《くろいとおどし》の鎧《よろい》を着て、黒い馬に金銀の粉をまぶした鞍《くら》に跨《また》がったその姿を見て、大将軍だと思った*岡部忠澄《おかべただずみ》が「お名乗り下さい」と迫ったが、忠度は「味方ですよ」と軽くいなした。しかし、忠度がお歯黒《はぐろ》を付けていたので、平家の公達《きんだち》であることが知られ、源氏の軍勢に取り囲まれた。忠度が素早く忠澄を組み伏せ、首を取ろうとしたその時、忠澄の従者《じゆうしや》が忠度の右腕を斬り落とした。今は最期と悟《さと》った忠度は、*大声で念仏を十遍唱え、「*光明遍照十方《くわうみやうへんぜうじつぱう》世界《せかい》、念仏衆生摂取不捨《ねんぶつしゆじやうせつしゆふしや》」と廻向文《えこうもん》を唱えたところで、忠澄は忠度の首を討ち取った。忠度のえびらに結ばれていた文に右の歌が忠度の名とともに記されていたことから、大将軍の正体が明かされたという。

この歌は、『忠度集』の諸本では、内閣文庫蔵浅草文庫本にのみ、巻末《かんまつ》に後人《こうじん》の手によって書き加えられている。従って、歌の真偽は疑わしく、『平家物語』の作者による創作歌を書き入れたものかと思われる。

初句の「行き暮れて」は、旅を表す歌語であるが、人生の旅路《たびじ》において終着点を見失い、虚《むな》しくさまよう忠度の姿と重なる。武芸にも歌道にも秀《ひい》でた大将軍である忠度には、満開の桜の下での最期の宿りこそが、後世の人々に似つかわしく思われたのであろう。忠澄は、忠度のために五輪塔《ごりんとう》を造って供《く》養《よう》し、後に五輪塔は埼玉県深谷市の清心寺《せいしんじ》に移築された。

*忠教―前項参照。

*岡部忠澄―頼朝の御家人。武蔵七党《むさししちとう》の一つである猪俣《いのまた》党《とう》岡部氏（？―一一九七）。

*大声で念仏を十遍唱え―南無阿弥陀仏と大声で十遍唱え、極楽往生を祈願すること。

*光明遍照十方世界―『観無量寿経』による。阿弥陀仏の光明は、世界の隅々まで遍《あまね》く照らし、念仏を唱える衆生《しゆじやう》を必ず浄土に救済され、決してお捨てになることはない、という意。

29

平《たいらの》親宗《ちかむね》

いづくにか月は光を止《とど》むらん宿《やど》りし水も氷《こほり》ゐにけり

【出典】千載和歌集・冬・四三九、親宗集・冬・八五

一体どこに月は光を映し留めているのだろうか。月光を宿していた水も今は氷ってしまったので、月光の宿る場所がなくなったことであるよ。

【閲歴】天養《てんよう》元年（一一四四）生まれ。桓武平氏、高棟《たかむね》王流の堂上平氏で、贈左大臣時信《ときのぶ》の次男。24でみた平《へい》大納言時忠、18でみた清盛の妻時子、後白河院の女御《にょうご》建春門院滋子《けんしゅんもんいんしげこ》の異母弟。時忠が15でみた清盛と後白河院の双方に距離を取っていたのに対し、政治的には一貫して平家と距離を置き、後白河院の近臣として仕えた。そのため、清盛が後白河院の院政を停止《ちょうじ》した治承三年（一一七九）の政変に連座《れんざ》して右中弁《うちゅうべん》の職を解かれ、寿永二年（一一八三）の平家都落ちに際しても都に留まった。歌人としても優れ、平家歌壇の中心的存在となった。家集に『親宗集』、日記に『親宗卿記』がある。正治《しょうじ》元年（一一九九）没、享年五十六歳。

【詞書】経盛卿家歌合に、冬月を（親宗集）。

【語釈】○宿りし水―月の光を宿していた水。○氷ゐにけり―氷ったままの状態である。水の縁語。

仁安二年（一一六七）、*平経盛《たいらのつねもり》の主催した『太皇太后宮亮平経盛朝臣家歌合《たいこうたいごうぐうのすけたいらのつねもりあそんけうたあわせ》』において詠まれた歌で、親宗二十四歳の時の作。

右の歌は、*皇后宮摂津《こうごうぐうのせっつ》の*「照る月の光冴《さ》え行く宿《やど》なれば秋の水にも氷《こほり》ゐにけり」を参考として詠まれたと思われる。摂津の歌では、月の冴《さ》え冴《ざ》えとした冷たい光に焦点が当てられており、宿に泊まるのは作者本人である。そ

れに対し、親宗の歌では、月は水に宿る旅人として擬人化《ぎじんか》されている。
中世の人々にとって、月とは*仏教的な主題を包含《ほうがん》する景物であった。しかし、親宗にとって、月は絶対的な存在ではなく、月光は行き場を失ってさまよう人間と同じ次元にある。そこには、中世の人々が広く共有した無常観よりも、さらに深いところで運命の移ろいに敏感であった親宗の感性が表出されている。

この前年の仁安《にんあん》元年、異母姉建春門院の産んだ*憲仁《のりひと》親王が立太子《りったいし》し、親宗にとっても、また歌会《かかい》の主催者である経盛にとっても、平家全盛の栄華《えいが》を謳《おう》歌《か》する時期にあった。親宗の歌は、そのような時期に行われた歌会にそぐわない印象をもたらす。実際に親宗は、平家から距離を置き、福原遷都《ふくはらせんと》にも同行せず、平家と都落ちを共にすることもなかった。平家と一線を画《かく》していた親宗は、『平家物語』などにも目立った逸話を語られていない。

しかし、何らの権威にも拠《よ》るところなく、自らの感性のみを信じて生きた親宗は、逆説的に平家歌壇の中心で光を放ち続けたのであった。

*平経盛―16・17参照。
*皇后宮摂津―白河院の皇女令子《れいし》内親王に仕えた女流歌人。家集に『摂津集』。生没年未詳。
*照る月の…―照っている月の光が、冴え冴えと冷たさを増している宿であるので、秋の水も氷になってしまったことであるよ（金葉集・一九三）。
*仏教的な主題―満月を心に観じ、宇宙の真理を悟る、密教の月輪観《がちりんかん》など。
*憲仁親王―第八十代天皇である高倉天皇。後白河院の第七皇子（一一六一―一一八一）。

30

都をば今日《けふ》を限りの関水《せきみづ》にまた逢《あ》ふ坂《さか》の影や映《うつ》さむ

平宗盛《たいらのむねもり》

【出典】覚一本平家物語・巻十一・腰越《こしごえ》

都を見るのは今日が最後であるのだなあ。逢坂《おうさか》の関《せき》を越えると、道を堰《せ》き止められて、再び帰れない旅に出るが、もう一度逢坂の関の清水《しみず》に、自分の姿を映すことができるだろうか。

【閲歴】久安《きゅうあん》三年（一一四七）生まれ。15でみた平清盛の三男。25でみた重盛の異母弟で、36でみる知盛、38・39でみる重衡の同母兄。後白河院や、二条・六条・高倉・安徳天皇に仕える。清盛が病没した後、家督《かとく》を継いで平家一門の統率者となり、源平の合戦を指揮した。元暦二年（一一八五）、壇の浦の戦いに敗れて嫡男清宗《ちゃくなんきよむね》と共に生捕《いけど》りにされ、鎌倉に護送されて31・32・33でみる頼朝と対面した。その後、京に戻る途中の近江国篠原《おうみのくにしのはら》で斬られ、首は獄門《ごくもん》に掛けられた。享年三十九歳。

【語釈】○関水―「関の清水」と堰き止められる意の「堰《せ》き」を掛ける。影、映すは水の縁語。○また逢ふ坂―滋賀県大津市の逢坂の関を掛ける。関水は縁語。

覚一本『平家物語』巻十一「腰越《こしごえ》」に引用される歌。元暦二年（一一八五）、鎌倉に護送される途中に詠まれた、宗盛三十九歳の時の作とされる。元暦二年三月の壇の浦の戦いに敗れ、宗盛は嫡男清宗*と共に生捕《いけど》りにされて帰京し、同年五月、義経に連行されて父子共に鎌倉に下向した。宗盛が義経に助命を願うと、義経は宗盛に同情し、自らの功績の恩賞に引き換えて、助命することを約束した。鎌倉で頼朝と面会した宗盛は、頼朝に助命を求めて卑屈な態度を取り、人々の嘲笑《ちょうしょう》を買った。

*梶原景時《かじわらかげとき》の讒言《ざんげん》により、頼朝に面会を拒絶されて腰越《こしごえ》に留《とど》められた義経は、*頼朝に逆心《ぎゃくしん》のないことを訴えるが許されず、再び宗盛・清宗を連行して京に戻る。京に入る直前、宗盛父子は近江国篠原宿《しのはらじゅく》にて斬首《ざんしゅ》された。

宗盛は生捕りにされたことや、義経や頼朝に助命を嘆願した卑屈な態度などで、平家の統率者にあるまじき凡愚《ぐぼん》な武将として批判的に描かれる。その最期の瞬間も、はたと念仏を止《や》めて、「清宗もすでに斬られたか」と言い残して斬られたという。壇の浦で死にきれなかったのも、清宗を心配するあまりで、父子がお互いの最期を見届けようとして捕らえられたとされる。

この歌は、京から鎌倉に護送される途中、東国《とうごく》との境である逢坂《おうさか》の関で詠まれたものである。京への未練は、宗盛の弱さを象徴するものではあるが、清宗を思う細やかな情愛は、人間に本来備わる慈《いつく》しみに満ちており、裏切りや殺人を日常的に体験する武士に温かな感動を与えてもいた。義経が宗盛に助命を約束したのも、終生無縁であった家族の情愛を感じ、対立していた頼朝との関係に対照させて、自らの身に投影《とうえい》していたのであろう。

*清宗―父が殺害された直後に斬首された（一一七〇―一一八五）。

*梶原景時の讒言―義経が傲《おご》って、源範頼《のりより》を無能だと罵《ののし》ったため、兄弟間の同士討《どうしう》ちになりかけたと言って、義経の頼朝謀殺《ぼうさつ》を暗示した。

*頼朝に逆心のないことを―この時頼朝へ出した有名な嘆願書は「腰越状《こしごえじょう》」と呼ばれる。

31

源《みなもと》は同じ流れぞ石清水《いはしみづ》堰《せ》き上げて賜《た》べ雲の上まで

源頼朝《みなもとのよりとも》

【出典】義経記《ぎけいき》・巻三・頼朝謀反《むほん》の事、源平盛衰記《げんぺいじょうすいき》・巻二十二・佐殿《すけどの》三浦ニ漕《こ》ギ会フ事

ここ洲《す》の崎《さき》の明神も、石清水八幡宮《いわしみずはちまんぐう》と同じく八幡神《はちまんしん》をお祀《まつ》りする源氏の守護神です。源氏の末裔《まつえい》に当たる私に、どうか武運をお授けになり、宮中に昇殿できるまでご加護下さい。

【閲歴】久安《きゅうあん》三年（一一四七）生まれ。左馬守《さまのかみ》源義朝《みなもとのよしとも》の三男。44でみる義経の兄、木曾義仲《きそよしなか》の従兄弟。平治《へいじ》の乱で父義朝・長兄義平《よしひら》・次兄朝長《ともなが》らが敗死した中、15でみた平清盛の義母である池禅尼《いけのぜんに》の嘆願によって助命、伊豆に配流された。治承《じしょう》四年（一一八〇）、以仁王の令旨《りょうじ》を受けて挙兵し、平家を滅ぼす。その間、木曾義仲や弟の義経と不和となり、討伐に至った。守護《しゅご》・地頭《じとう》の設置など、朝廷に準拠《しょうじ》しつつも、一定の独立性を保つ裁定機構《さいていきこう》を鎌倉に整備し、鎌倉幕府を開いた。建久《けんきゅう》三年（一一九二）、征夷大将軍《せいいたいしょうぐん》。正治元年（一一九九）正月十三日没。享年五十三歳。

【語釈】○源は―源氏と掛ける。流れ・石清水・堰き上げは縁語。○同じ流れ―先祖を同じくする。○石清水―石清水八幡宮。源氏の祖神。○堰き上げ―堰き止め

頼朝が挙兵した治承四年（一一八〇）、三十四歳の時の作とされるが、『義経記《ぎけいき》』や『源平盛衰記《げんぺいじょうすいき》』の作者による創作と思われる。

治承四年八月十七日、頼朝は*山木兼隆《やまきかねたか》を夜討《ようう》ちした。ところが同二十四日、*石橋山《いしばしやま》の戦いで敗れ、二十八日に伊豆国真鶴《まなづる》岬より船に乗って脱出し、

相模《さがみ》国三浦を目指したが、船は強風に煽《あお》られ、安房《あわ》国洲の崎に漂着した。

洲の崎には、軍神として有名な*滝口明神《たきぐちみようじん》があったので、頼朝は一晩中祈願の念誦《ねんじゆ》をした。夜更《よふ》けに少しまどろんだところ、御宝殿の戸が開かれ、「*源《みなもと》に同じ流れの石清水《いはしみづ》ただ堰《せ》き上げよ雲の上まで」という和歌が詠まれた。*夢から覚めた頼朝は、明神を三度礼拝《らいはい》して、右の歌を詠んだという。

『義経記』や『源平盛衰記』では、石橋山の戦いで敗走した頼朝が、攻勢に転じて平家を滅ぼし、鎌倉幕府を開くに至る契機として、洲の崎の明神との贈答歌《ぞうとうか》は重要な役割を果たしている。明神との歌の贈答によって、頼朝の平家討滅《とうめつ》や、義仲・義経討伐《とうばつ》までもが八幡神の意図《いと》として理解されるからである。史実として、頼朝は石橋山の戦いに敗れた後、*洲崎《すのさき》神社に参拝し、加護を得たことから尊崇《そんすう》を篤《あつ》くした。しかし、洲崎神社と滝口明神は本来別の神社であり、しかもいずれも八幡《はちまん》信仰とは無関係である。

八幡神に加護される頼朝とは、天皇家に祖を持つ統治者としての正統性を意味し、鎌倉幕府が朝廷内部から派生した一機関に過ぎないことを示したのではなかろうか。従って、この歌は、武士の統治に移行する意味を、頼朝の八幡神への信仰から解釈しようとする説話上の試みであったと思われる。

て、水かさを増すこと。○雲の上まで―宮中に昇殿するまでも。

*山木兼隆―伊勢平氏。伊豆目代《もくだい》(?―一一八〇)。

*石橋山の戦い―大庭《おおば》景親《かげちか》、伊東祐親《すけちか》らとの戦い。

*滝口明神―千葉県南房総市の下立松原《しもたてまつばら》神社。

*源に……―ここ洲の崎明神も、石清水八幡宮と同じ流れにある、源氏の守護神である八幡神であるから、ひたすら加護を汲んで、宮中に昇殿するほど立身せよ。

*夢から覚めた頼朝は―『義経記』による。『源平盛衰記』では、頼朝が洲の崎の明神にこの歌を詠んで奉ったところ、明神から返歌を賜《たまわ》ったとする。

*洲崎神社―千葉県館山市にある。

32

源《みなもとの》　頼朝《よりとも》

陸奥《みちのく》の言はで忍ぶはえぞ知らぬ書き尽くしてよ壺《つぼ》の碑《いしぶみ》

【出典】新古今和歌集・雑・一七八六、拾玉集《しゅうぎょくしゅう》・五四四六

陸奥《むつ》国の磐手《いわで》郡、信夫《しのぶ》郡の名のように言葉に出さずに隠していると、あなたの思いを理解することができないので、全て壺の碑ならぬ文に書き尽くして下さい、心の奥の底までも。

【詞書】前大僧正慈円《さきのだいそうじょうじえん》、文《ふみ》にては思ふ程の事も申し尽くし難き由《よし》、申し遣はして侍りける返事《かへりごと》に（新古今集）。

【語釈】○言はで―陸奥《むつ》国磐手郡を掛ける。「言はで忍ぶ」は古くからの慣用句。

【閲歴】31参照。

『十訓抄《じっきんしょう》』十「才芸ヲ庶幾《こひねが》フベキ事」、『源平盛衰記《げんぺいじょうすいき》』巻四十六「仲介免《ちゅうかいゆる》サルル事」にも引用される有名な歌。建久六年（一一九五）、頼朝四十九歳の時、天台座主《てんだいざす》であり、歌人としても高名な*慈円《じえん》との贈答歌《ぞうとうか》の一首である。

建久六年三月、頼朝は再建なった東大寺供養への参列のため上洛《じょうらく》した。三箇月の滞在の間に、慈円の同母兄である関白九条兼実《くじょうかねざね》と三度面談してお

り、慈円はこの時初めて頼朝と対談した。その翌日、慈円は頼朝に「*思ふ事いな陸奥《みちのく》のえぞ言はぬ壺《つぼ》の碑《いしぶみ》 書き尽くさねば」など数首の歌を贈るが、右の歌はこの慈円の歌に対する頼朝の返歌《へんか》である。

「壺の碑」という歌語は、*坂上田村麻呂《さかのうえのたむらまろ》の奥州平定《おうしゅうへいてい》を暗示しており、頼朝の奥州合戦が重ねられる。慈円は、歌意を理解した頼朝の和歌の技量に驚嘆し、頼朝が鎌倉に帰った後も和歌の贈答は続けられて計七十七首に上った。

慈円はその著『愚管抄《ぐかんしょう》』の中で、頼朝を「*ゆゆしかりける将軍」と評価している。慈円は和歌を通して、頼朝が貴族社会を崩壊させる存在ではなく、天皇の安穏《あんのん》な治世《ちせい》を志す政治家と理解したのである。

頼朝は、この上洛の際、娘の大姫《おおひめ》を後鳥羽天皇に入内《じゅだい》させようと推進している。病がちであった大姫が、入内によって治癒《ちゆ》するように願った親心からであった。しかし大姫は同八年（一一九七）に病没する。同七年、*丹後局《たんごのつぼね》と*源《みなもとのみちちか》通親によって政変が起こり、兼実・慈円ら九条家は罷免《ひめん》された。

頼朝の大姫入内運動が政変の起きる直前であったため、兼実を陥《おとし》れようとする頼朝の背信《はいしん》行為を疑う説もあるが、適当ではなかろう。慈円は和歌の贈答を通して、頼朝が志《こころざし》を同じくすることに初めて気が付いたのである。

○忍ぶ—陸奥国信夫郡を掛ける。○えぞ—蝦夷を掛ける。○壺の碑—陸奥国の歌枕。坂上田村麻呂が蝦夷《えぞ》征伐で文を記した巨石。宮城県多賀城跡の碑、青森県の千曳神社《ちびきじんじゃ》の碑の両説がある。

*慈円—23参照。

*思ふ事…—自分の思っている事を全て言い表すことができません。陸奥国の蝦夷の壺の碑のように、心の奥底まで文に書き尽くすことができないので（拾玉集・五四四五）。

*坂上田村麻呂—征夷大将軍（七五八—八一一）。

*ゆゆしかりける将軍—不世《ふせい》出《しゅつ》の優れた将軍という意。

*丹後局—後白河院の寵姫《ちょうき》である高階栄子《たかしなのえいし》（一一五一？—一二一六）。

*源通親—土御門《つちみかど》内大臣。後鳥羽院時代に権勢をふるった（一一四九—一二〇二）。

33

源 頼朝《みなもとのよりとも》

和泉《いづみ》なる信太《しのだ》の森の尼鷺《あまさぎ》はもとの古枝《ふるえ》に立ち返るべし

【出典】古今著聞集《ここんちょもんじゅう》・巻五・前右大将《さきのうだいしやう》頼朝和歌を以《もっ》て判書《はんがき》の事

和泉《いずみ》国にある信太の森に住むアマサギが、自分のねぐらである楠《くすのき》の古枝に帰って行くように、和泉国の尼の旧領を、元通りに返還させよう。

【語釈】○信太の森―和泉国の歌枕。信太の森の楠《くすのき》の大樹に多数の伝説を有する。○尼鷺、古枝は縁語。○尼鷺―白鷺の一種。尼を掛ける。○古枝―尼の旧領。

【閲歴】31参照。

『古今著聞集《ここんちょもんじゅう》』巻五「前右大将《さきのうだいしやう》頼朝和歌を以《もっ》て判書《はんがき》の事」に引用される歌。建久《けんきゅう》六年（一一九五）五月、頼朝四十九歳の時、二度目の上洛《じょうらく》を果たして天《*てん》王寺《のうじ》に参詣《さんけい》し、別当《べっとう》の定恵《*じょうえ》と対面して天王寺から退出しようとした時、衰弱した尼が現れ、懐《ふところ》から文書を取り出して、「和泉《いずみ》の国に相伝《しょうでん》してきました所《しょ》領《りょう》を他人に掠奪《りゃくだつ》され、どうすることもできません。直訴《じきそ》しようと思って参りました」と述べた。頼朝は「間違いなく相伝の領主であるか」と問い確かめた後、扇《おうぎ》に右の歌を書いて判《はん》を加え、尼に授けた。その後、三代将軍*実朝《さねとも》の時代に、尼の娘が再び領地の沙汰《さた》に及んだ。奉行《ぶぎょう》は扇に年月日がないことを難じたが、間違いなく頼朝の直筆《じきひつ》であったので、領地を安堵《あんど》したという。

尼の直訴に対し、扇に和歌を書いて裁断《さいだん》を下すというこの話には、*極めて重要な要素が語られている。一つ目に、土地の支配権について、鎌倉幕府将軍である頼朝に裁断が委《ゆだ》ねられていたこと。二つ目に、たとえ掠奪によるものでも、領地は実効《じっこう》支配であったこと。三つ目に、頼朝の直状《じきじょう》は絶対的であったことである。

扇に和歌を書いて判書とするのは、貴族の恋文を模倣《もほう》した手法であるが、宮廷政治において、天皇や貴族は直状を書くことはまずなかった。鎌倉幕府も、政所《まんどころ》を整え、将軍や執権《しっけん》の意思を代筆する下文《くだしぶみ》を正式文書とした。頼朝は、領地の安堵が治世の基盤であることを認識していた。掠奪など暴力的な行為によって実力主義的に生きる武士に対して、尼に本領の安堵をその場で保証した頼朝の行為は、御家人たちに民衆統治の本質を示したものであり、和歌が為政《いせい》の素養として重要視されたことを象徴的に語る説話である。

*天王寺—四天王寺のこと。大阪市天王寺区にある聖徳《しょうとく》太子建立《たいしこんりゅう》の寺。

*定恵—後白河院の六男（一一五六—一一九六）。

*実朝—頼朝の次男。兄の頼家《よりいえ》が殺されたあと、鎌倉幕府三代将軍となる（一一九二—一二一九）。

*極めて重要な要素—本郷和人《ほんごうかずと》氏の説による。『武士から王へ—お上の物語』（ちくま新書、二〇〇七）に詳しい。「読書案内」参照。

34

散るぞ憂《う》き思へば風もつらからず花を分《わ》きても吹かばこそあらめ

平経正《たいらのつねまさ》

【出典】玉葉和歌集・春・二六〇、別雷《わけいかずち》社《しゃ》歌合・九四

花が散るのはつらい。しかし花を花として認識するのは、風が吹いてこそのこと。そう思えば、風も薄情ではないというものだ。それはまるで、悟りの宝華《ほうげ》の雨が降り注いで、釈迦《しゃか》の教えが世界に輝きを放つのと同じようだ。

【閲歴】久安《きゅうあん》四年（一一四八）頃の生まれか。16・17でみた正三位参議《しょうさんみさんぎ》平経盛の長男。15でみた清盛らの甥。幼時に仁和寺《にんなじ》に入《にっ》室《しつ》し、第五代御室覚性法親王《おむろかくしょうほっしんのう》に仕え、琵琶《びわ》の才能を愛されて名器「青山《せいざん》」を下賜《かし》されたという。寿永二年（一一八三）、都落ちに際して、「青山」を返すために仁和寺に戻り、守覚法親王《しゅかくほっしんのう》に別れを告げた話は史実であり、後に謡曲『経政《つねまさ》』などに脚色された。歌人としても優れ、平家歌壇の中心的存在となり、『太皇太后宮亮平経盛朝臣家歌合《たいこうたいごうぐうのすけたいらのつねもりあそんけうたあわせ》』に参加したのを始めとして数々の歌合に出詠し、自邸にても歌合を主催した。寿永三年（一一八四）、一の谷の戦いにて敗死し、京で首を獄門にかけられた。享年三十七歳くらい。家集に『経正集』。

【詞書】重保《しげやす》勧《すす》め侍りける賀《か》茂《も》社歌合に、花を詠み侍りける（玉葉集）。

【語釈】○風もつらからず―風も薄情ではない。「散る」、

治承二年（一一七八）、賀茂別雷神社《かもわけいかずちじんじゃ》の神主である賀茂重保《かものしげやす》が主催した歌合に出詠した歌で、経正三十一歳頃の作。判者《はんじゃ》を務めた藤原俊成に、第四句の「花を分きても」が「いとをかし」と評されている。

俊成がこの歌句を評価したのは、この句が西行の*「花を分《わ》くる峰の朝日の

影はやがて有明の月を磨《みが》くなりけり」を参考として詠まれたものだからである。西行の歌は、『法華経《ほけきよう》』薬王品《やくおうぼん》の「*容顔甚《かんばせはなは》だ奇妙にして、光明十方《くわうみやうじつぱう》を照らす」の趣旨《しゆし》を詠んだもの。「花を分くる峰の朝日の影」とは、この場合釈迦の光明を指すものであり、「花を分くる」とは、花を分けて悟りの宝華《ほうけ》の雨が降り注ぐことを示している。「吹かばこそあらめ」は、風が吹くからこそ花を花として認識できるのだという。俊成の評価は、経正の歌が桜を散らす風を詠むと見せかけつつ、仏道《ぶつどう》の悟りを主題にしたところにあった。

経典《きようてん》を歌句に詠み込む釈教歌《しやつきようか》は、勅撰集において『千載集』から独立して一巻を成すようになった。それは平安末期に浄土教《じようどきよう》が広く浸透した結果でもあったが、平安末期より僧侶歌人が歌会を催し、経文《きようもん》を和歌に詠む機会が増えたことも影響している。真言宗仁和寺《しんごんしゆうにんなじ》の*覚性法親王や*守覚法親王も和歌を好み、頻繁に歌会を開いた。経正は幼時を仁和寺で過ごしたので、おそらく覚性法親王や守覚法親王の歌会に参加し、影響を受けたのであろう。

右の歌は、経正の経典への深い理解を、和歌の才によって表現し得た作品であり、経正の仁和寺における仏道修行と歌会における関わりについて、この作品からその痕跡《こんせき》が推測されるのではなかろうか。

「吹かば」は縁語。○花を分きても—花をはっきり認識するにも。「わく」は区別すること。桜の花に『法華経《ほけきよう》』『薬王菩薩本事品《やくおうぼさつほんじぼん》』（薬王品《やくおうぼん》）の宝華の雨を掛ける。

*花を分くる…—降り注ぐ宝華の雨を分けて、差し込んでくる峰の朝日の光は、そのまま夜明けの月の光を磨き、悟りに導くのであるよ（聞書集《ききがきしゆう》・二四）。

*容顔甚だ奇妙にして—釈迦の容顔は本当に無垢な賢者の面持ちであり、その輝きは十方世界の光となって照らすものであるという意。

*覚性法親王—鳥羽天皇第五皇子。仁和寺第五世門跡《もんぜき》（一一二九—一一六九）。

*守覚法親王—後白河天皇第二皇子。仁和寺第六世門跡（一一五〇—一二〇二）。

35

平経正《たいらのつねまさ》

千早振《ちはやふ》る神に祈りのかなへばやしるくも色の表れにける

【出典】覚一本平家物語・巻七・竹生島詣《ちくぶしままうで》

竹生島明神《ちくぶしまみようじん》に私の祈りが聞き届けられたからであろうか。はっきりと白竜《はくりゆう》が下りた霊験《れいげん》が目に見えたことであるよ。

【語釈】○千早振る―神の枕詞。○しるくも―前兆としてはっきりと感じられること。

【閲歴】34参照。

覚一本『平家物語』巻七「竹生島詣《ちくぶしままうで》」に引用される歌。寿永二年（一一八三）、経正二十六歳くらいの作とされるが、やはり『平家物語』作者による創作と思われる。

この年の四月、木曾義仲追討の副将軍として、経正は北陸道《ほくりくどう》へと下ったが、戦況の悪化により、近江国塩津《おうみのくにしおつ》・貝津《かいづ》に足止めされたままとなった。経正は、琵琶湖に浮かぶ竹生島*に渡り、弁財天《べんざいてん》・妙音天《みょうおんてん》を祀《まつ》る竹生島明神に参詣した。神社に奉納された琵琶が僧により差し出され、経正が上玄《しょうげん》・石上《せきしょう》といった秘曲《ひきょく》を弾くと、明神が感応《かんのう》して経正の袖の上に白竜となって現れた。経正は、明神の霊験に平家の勝利を確信して右の歌を詠んだという。

覚一本『平家物語』巻七「経正都落《つねまさのみやこおち》」には、琵琶の名器青山*《せいざん》にまつわる逸話が残される。経正は、幼少期を仁和寺御室《おむろ》で過ごし、覚性法親王に琵琶の才を愛されて、秘蔵の名器であった青山を下賜《かし》された。都落ちする直前、経正は仁和寺に立ち寄り、守覚法親王に別れを告げて、青山を返したという。この話は、守覚法親王の日記『左記《さき》』にも記されており、史実に基づくものである。この時、経正は守覚法親王に、「呉竹*《くれたけ》の懸樋《かけひ》の水は変はれどもなほ住み飽《あ》かぬ宮の中《うち》かな」という歌を詠んでいる。

古来芸能は、神仏と交信するための回路として理解された。経正が竹生島明神に参詣し、琵琶を演奏したのも、平家の勝利のための奉納《ほうのう》であった。しかし、経正の楽才は、神に愛されるほど優れていたがために、謡曲*『経政《つねまさ》』では、死後琵琶への執着に苦しむ姿を描かれた。経正の楽才は芸能者に通じる異形《いぎょう》の才として捉《とら》えられ、死後鬼神《きじん》へと格上げされたのであろう。

＊竹生島―滋賀県長浜市の琵琶湖北部に位置する島。

＊青山―仁明朝（八三三―八五〇）に唐より渡来した名器。

＊呉竹の…―呉竹で作られた筧《かけい》の水の流れは、時間とともに移り変わって止《とど》まることがないけれども、どんなに時間が経《た》っても、やはり住みたい気持ちの変わることのない、この御室《おむろ》の御所であることよ。

＊謡曲『経政』―作者不詳。二番目物。

36

住み馴《な》れし都の方《かた》はよそながら袖《そで》に波越す磯《いそ》の松風

平《たいらの》知盛《とももり》

【出典】延慶本平家物語・巻十・平家屋島《やしま》ニ落チ留《とど》マル事

住み慣れた都の出来事は、私にはもう関係のないこととなってしまったが、そう思うにつけても、波が越えて来たように袖は涙に濡れ、磯に松風が吹くように心は凍えてしまうようだ。

【閲歴】仁平《にんぺい》二年（一一五二）生まれ。15でみた平清盛の四男。25でみた重盛は異母兄、30でみた宗盛、37でみる徳子、38・39でみる重衡は同母兄弟妹。新中納言と称される。後白河院や二条・六条・高倉・安徳天皇に仕えた。清盛最愛の息子として知られ、知謀《ちぼう》に長《た》けた大将軍。寿永三年（一一八四）、生田《いくた》の森の戦いで嫡男知章《ともあきら》が身代わりとなって敗死した際、人間の生への執着を語った話は有名。元暦二年（一一八五）、壇の浦の合戦で、平家の人々の入水を確認し、「見るべき程《ほど》の事は見つ」と言って入水した。享年三十四歳。

【語釈】○よそながら―自分とは無関係なものとして。○袖に波越す―袖に波が越すように、涙に袖が濡れること。「磯」は縁語。○磯の松風―松を吹く風。

延慶本『平家物語』巻十「平家屋島《やしま》ニ落チ留《とど》マル事」に引用される歌。元暦元年（一一八四）十月、知盛三十三歳の時の作とされる。同年二月、平家は一の谷の戦いに敗れ、新たに屋島を拠点とした。源氏は船を持たなかったため、屋島攻略は難航し、一年ほど休戦状態にあった。

右の歌は、表面上は平穏であった屋島において、冬の風雪《ふうせつ》混じる浦風《うらかぜ》に、言いようのない寂寥感《せきりょうかん》に襲われて詠んだ歌とされる。その寂しさは、住み慣れた都は、もう自分に無関係だと思うことにあるという。同年八月、三種の神器なしに後鳥羽《ごとば》天皇の即位が決行され、十一月には大嘗会《だいじょうえ》が行われた。また、源頼朝は弟*範頼《のりより》を大将軍として九州に遣《つか》わし、筑紫水軍《つくしすいぐん》を源氏軍に引き入れた。これらのことも脅威となって、知盛は不安を増大させていた。

この歌は、『源平盛衰記』巻四十一「実平西海《さねひらさいかい》ヨリ飛脚《ひきゃく》ノ事」にも、知盛の歌として引用される。しかし、同巻三十二「落《お》チ行《ゆ》ク人々ノ歌」に、平家が都落ちをする時、「*ある旧女《ふるをんな》」が詠んだ歌として重複《ちょうふく》して採録され、この歌に続いて、*忠度が藤原俊成に自詠の巻物を託した逸話が続く。

おそらくこの歌の成立は、歌の重複掲載の事情と関わっている。すなわちこの歌は、俊成の「*夢にこそ都の事も見るべきを袖に波越す千賀《ちか》の塩竈《しほがま》」の転用ではなかろうか。「袖に波越す」という第四句が印象的であることから、屋島で知盛が都を懐旧《かいきゅう》してうたった作品に書き換えられたのだろう。嫡男を亡くした時に見せた生への執着、平家の人々の最後を見届けて、「*見るべき程《ほど》の事は見つ」と言って入水した知盛は、人間の弱さと強さの双方を表現し、滅亡の予見と恐怖を美へと昇華し得《う》る歌人として理解されたのである。

*範頼―蒲《かば》の冠者《かんじゃ》と呼ばれた頼朝の弟。後に頼朝に嫌疑《けんぎ》を掛けられ、北条《ほうじょう》氏に討たれた（?―一一九三）。

*ある旧女―「旧女」は「官女」の誤りか。

*忠度が藤原俊成に―27参照。

*夢にこそ…―夢の中に都を見るだけでもう満足すべきなのに、今も都を思って袖を涙で濡らしてしまいます（長秋草《ちょうしゅうそう》・二四）。

*見るべき程の―見届けるべきことは、全て見届けたという意。

37

思ひきや深山《みやま》の奥に住居《すまひ》して雲居《くもゐ》の月をよそに見むとは

建礼門院徳子《けんれいもんいんとくし》

【出典】覚一本平家物語・灌頂巻《くわんぢやうのまき》・大原御幸《おほはらごかう》

思ってもみなかったことです。深山の奥に隠棲して、昔宮中で眺めた月を、宮中とはかけ離れたこのような境涯で見ようとは。

【閲歴】久寿《きゆうじゆ》二年（一一五五）生まれ。高倉天皇中宮《ちゆうぐう》。15でみた平清盛の次女。25でみた重盛は異母兄、30でみた宗盛、36でみた知盛、38でみる重衡は同母兄弟。承安《じようあん》元年（一一七一）、後白河院の猶子《ゆうし》として、高倉天皇に入内《じゆだい》。中宮となり、安徳天皇を産むが、寿永二年（一一八三）、平家の人々と共に都落ちし、壇の浦にて捕らえられ、大原に隠棲して出家した。没年は諸説あるが、貞応《じようおう》二年（一二二三）没とすれば、享年六十九歳。

【語釈】○雲居の月―宮中で眺めた月。○よそに見むとは―「よそに見る」とは、かけ離れて、縁のない所と感じること。

覚一本『平家物語』灌頂巻《くわんぢやうのまき》「大原御幸《おほはらごかう》」に引用される歌。文治《ぶんじ》二年（一一八六）頃、女院《によういん》三十二歳の頃に詠まれた作とされるが、『平家物語』作者による創作と思われる。

元暦二年（一一八五）三月、女院は壇の浦で捕らえられ、京に護送された。女院は出家し、*吉田《よしだ》の辺りで隠棲《いんせい》していたが、同年七月九日、京に大地震が起

*吉田―京都市左京区吉田。

こり、仮御所《かりごしょ》も被害を受けたため、九月に大原《おおはら》の*寂光院《じゃっこういん》に移り、安徳《あんとく》天皇の菩提《ぼだい》を弔《とむら》って過ごしていた。

翌二年（一一八六）、後白河法皇が大原に女院を訪問した。法皇は、女院の粗末な庵《いおり》を見て哀切の念を抱く。障子《しょうじ》には経文《きょうもん》が貼り付けられ、その傍《かたわ》らに右の歌が記されていた。法皇が女院の過去と現在を引き較べて、愕然《がくぜん》とした思いを代弁したような歌であるが、これは藤原道長《みちなが》が清水寺《きよみずでら》に参籠《さんろう》していた清少納言《せいしょうなごん》に書き送った、「*思ひきや山のあなたに君を置きて独り都の月を見んとは」と主客《しゅきゃく》の立場を逆転させた歌となっている。女院の歌は、おそらく道長と清少納言とのこの和歌の贈答を参考に挿入《そうにゅう》されたものであろう。

さらに興味深いことに、「雲居の月をよそに見る」という下の句の表現は、平忠盛の「*思ひきや雲居の月をよそに見て心の闇に迷ふべしとは」から採られたものと思われる。この歌が詠まれてから八年後の長承《ちょうしょう》元年（一一三三）、忠盛の内昇殿《うちのしょうでん》が叶い、平家の栄華は始まった。それから五十四年後、平家は滅び、後白河法皇が大原の女院の閑居《かんきょ》に雲居の月を懐かしむ歌を見る。右の歌は、忠盛の和歌と合わせ鏡のように配置されて、「平家の物語」の完結を示しているのである。

*寂光院—京都市左京区大原にある。天台宗の尼寺。

*思ひきや……—思ってもみなかったことであるよ。山の向こうにあなたを預けたまま、私一人で都の月を見るとは（清少納言集・七）。

*思ひきや……—09参照。

38

澄みかはる月を見つつぞ思ひ出《い》づる大原山《おほはらやま》のいにしへの空

平重衡《たいらのしげひら》

【出典】月詣和歌集・十月（附《つ》ケタリ哀傷）・九七一

変わることなく冴《さ》え冴《ざ》えと京を照らす澄んだ月の光を見ながら、しみじみ思い出すことだ。高倉天皇の大原野《おおはらの》神社への行幸《ぎょうこう》に供奉《ぐぶ》した、遠い昔の空のことを。

【閲歴】保元《ほうげん》二年（一一五七）生まれか。15でみた平清盛の五男。25でみた重盛の異母弟、30でみた宗盛、36でみた知盛、37でみた徳子の同母弟。本三位中将《ほんざんみのちゅうじょう》と称される。二条・六条・高倉・安徳天皇や後白河院に仕えた。源平の合戦では、各地の前線の指揮を執り、勇猛果敢かつ冷静沈着な大将軍として、「武勇に堪《た》ふる器量」と称讃された。和歌や管絃《かんげん》にも優れ、その華やかな存在感は、牡丹《ぼたん》の花に喩えられるほどであった。寿永三年（一一八四）二月、一の谷の戦いで捕虜として捕らえられ、鎌倉に下向《げこう》した時、31・32・33でみた頼朝から「まことに優雅な人」と評された。南都攻撃の際、東大寺・興福寺を焼き討ちした罪を問われ、元暦二年（一一八五）、木津川《きづがわ》のほとりで斬られて般若寺《はんにゃじ》で首を獄門《ごくもん》にかけられた。享年二十九歳。

【詞書】高倉院の御事《おほむこと》を思ひ出《い》でて、今上《きんじやう》の御時《おほむとき》、内裏《だいり》に候《さふら》ひける女房の許《もと》へ、申し遣はしける（月詣和歌集）。

治承《じしょう》五年（一一八一）から翌寿永元年の間に詠まれた歌で、重衡二十五歳から二十六歳までの作である。治承五年正月、二十一歳の若さで高倉院が崩御《ほうぎょ》した。院と重衡は＊従兄弟同士であり、院の中宮である建礼門院徳子《けんれいもんいんとくし》は、重衡の同母姉であった。翌二月には父清盛も病没し、重衡は前年（一一八〇）に東大寺・興福寺を攻撃して、炎上させている。

　大原野神社への行幸は、承安《じょうあん》元年（一一七一）四月二十七日に行われ、当時院は十一歳で在位中であり、重衡は十五歳であった。同じ思春期を過ごした院との思い出は、懐かしく温かな想い出に満ちたものであったに違いない。

　重衡は治承四年（一一八〇）正月に高倉《たかくら》天皇の蔵人頭《くろうどのとう》となった。同年二月に安徳天皇が即位した時、三種の神器を継承する儀式の最中、まだ三歳である幼い安徳天皇を背後から密《ひそ》かに抱きかかえていたという。福原《ふくはら》に遷都が行われたとき、高倉院は重衡の邸宅で四箇月ほど過ごしている。

　右の歌は、＊俊恵《しゅんえ》の＊「荒れまさる宿は心も泊まらねば漏《も》り来《く》る月に住み替はりなむ」を参考に詠んだものであろう。俊恵は、荒れ屋に月の光が射し込むことを同宿者として擬人化し、冴え冴えとした月光の「澄む」状態から「住み替はる」を導いた。俊恵の歌が言語遊戯《げんごゆうぎ》的であるのに対し、重衡は月光の「澄みかはる」という歌語《かご》を使って、月光を水の流れに喩え、過去から現在への時間の経過を表し、月の変わらぬ光と荒廃《こうはい》した都の無常を対比させて、高倉院と過ごした過去との心理的な遠さを表現した。月と山との幻想的な構図に、重衡の過去と現在がドラマティックに対照された作品と評されよう。

【語釈】○澄みかはる―光が透明さを失わない意と、住処を替える意の「住み替はる」を掛ける。○大原山―京都市西京区大原野にある大原野神社。

＊従兄弟同士―高倉院の母建春門院滋子は、重衡の叔母に当たり、中宮建礼門院徳子は、重衡の同母姉。

＊俊恵―13参照。

＊荒れまさる…―荒れるに任せた宿には、実際泊まるなどもってのほか、心さえも泊まることができないので、隙間《すきま》から漏れ来る月光に、代わりに泊まってほしいものだ（林葉和歌集・四六〇）。

39

平重衡《たいらのしげひら》

住み馴《な》れし古き都の恋しさは神も昔に思ひ知るらん

【出典】玉葉和歌集・旅・一一七九

住み馴れた故郷である旧都、京の都を私が恋しく思う気持ちは、天神《てんじん》となられた菅原道真《すがわらのみちざね》公も、その昔、自ら体験されたことでわかってくださることだろう。

【詞書】都を住み憂《う》かれて後、安楽寺《あんらくじ》へ参りて詠み侍りける（玉葉集）。

【語釈】○古き都―京の都。大和の地名である「布留《ふる》」を掛ける。奈良県天理市にある石上《いそのかみ》神宮の縁語で、

【閲歴】38参照。

覚一本『平家物語』巻八「名虎《なとら》」に引用される歌で、寿永二年（一一八三）、重衡二十七歳の時、木曾義仲に都を追われた平家が筑前《ちくぜん》国太宰府《だざいふ》の＊安楽寺《あんらくじ》において、神に奉納するための連歌《れんが》を皆で詠んだときの作とされる。

安楽寺は菅原道真終焉《しゅうえん》の地とされ、道真の墓が建てられている。都を追われ、太宰府で果てた道真は、神となって祀《まつ》られた。そのことを踏まえ、重

衡は平家の絶望的な境遇に対し、天神はわれわれ平家をこそお守りくださる理由があるとうたった。平家の人々は、皆涙を流して聞いたという。

延慶本『平家物語』巻八では、下の句を「神も昔を忘れ給はじ」として引用し、平家の人々が連歌を詠んだ時に、経盛が都を思い出してうたった歌とされる。「住み馴れし都」という歌語は、都から遠く離れた地にある高貴な人々の落魄《らくはく》を描く時の常套表現《じょうとうひょうげん》であった。36で解説したように、壇の浦の合戦前夜の屋島において、知盛は「*住み馴《な》れし都の方《かた》はよそながら袖《そで》に波越す磯《いそ》の松風」と詠んだという。この歌は、延慶本『平家物語』巻十「平家屋《や》島《しま》ニ落チ留《とど》マル事」、『源平盛衰記』巻四十一「実平西海《さねひらさいかい》ヨリ飛脚《ひきやく》ノ事」にも引用され、また『源平盛衰記』巻三十二「落《お》チ行《ゆ》ク人々ノ歌」では、「*ある旧女《ふるをんな》」の歌としても採録される。おそらく、都を懐旧する歌が類型的にうたわれ、それらが平家の歌人の歌として採り入れられたのであろう。

重衡は武勇に優れていただけでなく、心優しい人柄で、ひとの苦しみや悲しみに敏感であったという。都を遠く離れた悲しみにあって、きっと重衡ならば周囲を和《なご》ませたに違いない、という重衡に対する後人《こうじん》の理解が、この歌の作者として重衡を擬《ぎ》したものと思われる。

「神」を導き出す。〇神―ここでは天神である菅原道真を指す。

*安楽寺―福岡県太宰府市にある太宰府天満宮。

*住み馴れし…―36参照。

*ある旧女―「旧女」は「官女」の誤りか。36参照。

40

積もるとも五重《いつへ》の雲は厚《あつ》くとも祈る心に月を宿《やど》さん

北条政子《ほうじようまさこ》

【出典】真名本曾我物語《まなぼんそがものがたり》・巻三

犯してきた罪が積もり、五逆罪《ごぎやくざい》の重罪の雲が厚く取り囲んでいるとしても、私のひたすら祈る心によって、真理の光である月を輝かせましょう。

【閲歴】保元《ほうげん》二年（一一五七）生まれ。31・32・33でみた源頼朝の正室《せいしつ》。伊豆《いず》国の豪族北条時政《ほうじようときまさ》の長女。頼家《よりいえ》・実朝《さねとも》らの母。従《じゆ》三位《さんみ》。頼朝が伊豆に流人《るにん》として暮らした時に結婚し、御台所《みだいどころ》、尼御台《あまみだい》と呼ばれる。頼朝の死後、頼家・実朝が相次いで殺害され、弟義時《よしとき》を執権《しつけん》として、共に幕府の運営に当たった。後鳥羽院が反旗《はんき》を翻《ひるがえ》した承久《じようきゆう》の乱に際して、御家人《ごけにん》たちに「頼朝の御恩は山よりも高く、海よりも深い」と説き、幕府軍の勝利を導いた話は有名である。義時の死後も御家人をまとめ、尼将軍《あましようぐん》と称された。嘉禄《かろく》元年（一二二五）没。享年六十九歳。

真名本《まなぼん》『曾我物語《そがものがたり》』巻三に引用される歌。安元《あんげん》二年（一一七六）、政子二十歳の時の作とされるが、『曾我物語』作者による創作と思われる。

父の時政は、京から伊豆に帰る途中、頼朝と政子の仲を知らされ仰天《ぎようてん》した。頼朝は罪人であり、伊豆国の目代山木兼隆《もくだいやまきかねたか》を婿《むこ》にする約束を取り付けていたからである。政子は父の命《めい》によって兼隆の館《やかた》に赴《おもむ》くが、その晩に館を抜け

【語釈】○五重の雲―五逆罪。父殺し、母殺しなど、仏教における五つの重罪。厚く、月は縁語。○心に月―心中に満月を念じ、真理を悟る仏道修行の月輪観《がちりんかん》を示す。29参照。

出して伊豆山《いずさん》で頼朝と再会した。兼隆は激怒《げきど》し、伊豆山での合戦を決意する。

合戦の噂を聞いた頼朝と政子は、共に精進潔斎《しょうじんけっさい》し、＊伊豆山権現《いずさんごんげん》に参籠《さんろう》して祈願した。右の歌は、政子が「もし願いが成就《じょうじゅ》しないのならば、頼朝が事を起こす前に、私の命をお召し下さい」と祈って詠んだものである。すると、権現から「＊天降《あまくだ》り塵《ちり》に交《まじ》はる甲斐《かひ》あれば玉《たま》散《ち》るばかり物な思ひそ」と返歌があった。続いて頼朝も権現に「＊源《みなもと》は清き流れぞ千早振《ちはやふ》る神影《かみかげ》宿せ千代《ちよ》の例《ためし》に」という歌を奉納すると、「＊千早振る神影宿す水ならば流れ久しき月を宿さん」という返歌を賜り、二人は加護《かご》を確信して喜び合った。

覚一本『平家物語』巻五「奈良炎上《ならえんしやう》」において、東大寺の大仏が焼き討ちされた場面で「＊秋の月が五重の雲に溺れる」という表現が見受けられるため、右の歌の第二句「五重の雲」とは、のちに頼朝が犯すことになる大仏焼き討ちの罪を暗示すると思われる。とすれば、政子の歌は、単に頼朝の戦勝を祈るのではなく、挙兵によって頼朝が犯すであろう罪業《ざいごう》の深さを述べ、それを自らの罪として、祈りによって浄化《じょうか》しようとしたものとなろう。この歌は、頼朝が征夷大将軍として神仏に認定されるためには、罪業の認識と浄化の過程が必要であるという後人の解釈によって創られたものと思われる。

＊伊豆山権現―静岡県熱海市にある伊豆山神社。

＊天降り……―天上から降りて、この世の俗塵《ぞくじん》に交わったのであるから、祈りを聞き届けよう。もう魂《たましい》が砕《くだ》ける程、思い悩まなくてよい。

＊源は……―私は清和源氏の嫡《ちゃく》流《りゅう》でありますから、末代《まつだい》までの先例として、どうかご加護をお授け下さい。

＊千早振る……―八幡神《はちまんしん》の守護している源氏の嫡流ならば、いつまでも神の加護を賜《たまわ》るであろう。

＊秋の月が五重の雲に―『平家物語』巻五「奈良炎上」の原文には「八万四千の相《さう》好《がう》は、秋の月はやく五重《ごぢう》の雲におぼれ、四十一地《ぢ》の瓔《よう》珞《らく》は、夜の星《ほし》むなしく十悪《じふあく》の風にただよふ」とあり、大仏焼討を重罪とする。

41

平《たいらの》維盛《これもり》

いづくとも知らぬ逢瀬《あふせ》の藻塩草《もしほぐさ》書き置く跡《あと》を形見《かたみ》とも見よ

【出典】覚一本平家物語・巻十・首渡《くびわたし》

もはやどこでまた逢えるともわからない、はかないわが身であることよ。あてどなく漂う藻塩草を掻《か》き集めるように、書き置いたこの手紙を、私の形見と思って見てほしい。

【閲歴】保元《ほうげん》三年（一一五八）生まれ。25でみた平重盛の嫡男。45でみる資盛の兄。小松中将《こまつちゅうじょう》と称される。美貌で知られ、輝くばかりの優雅な姿は光源氏に喩《たと》えられる程であった。政治的には、重盛や維盛と姻戚《いんせき》関係にあった藤原成親《ふじわらのなりちか》一族が鹿ヶ谷《ししがたに》事件の首謀者となったことから、小松家と呼ばれた重盛の一族は、平家一門の中で孤立した立場に立たされた。重盛が病没した後、寿永二年（一一八三）、木曾義仲追討の総大将として北陸攻めを行うが、倶利伽羅峠《くりからとうげ》の戦いで大敗した。同三年（一一八四）、一の谷の戦いから離脱し、南海に向かった後、高野山《こうやさん》にて出家し、熊野《くまの》三山に参詣の後、那智《なち》の沖にて入水。享年二十七歳。

【語釈】○藻塩草―製塩に用いた海藻。かき集めることから、「書く」に通じる。○書き置く跡―「跡」は筆跡。書いた手紙のこと。「藻塩草」の縁語。

覚一本『平家物語』巻十「首渡《くびわたし》」に引用される歌。寿永三年（一一八四）、維盛二十七歳の時の作とされるが、『平家物語』作者の創作であろう。延慶本『平家物語』巻九「維盛ノ北ノ方平家ノ頸《くび》ヲ見遣《みおこ》ス事」では、第二句が「知らぬ渚《なぎさ》の」などの異同がある。

維盛の北の方は*藤原成親《ふじわらのなりちか》の娘であり、二人の間には十歳の*六代御前《ろくだいごぜん》という若君と、八歳の姫君が儲《もう》けられた。都落ちの時、維盛は北の方に、「たとえ自分が死んでも、絶対に出家などしてはいけない。再婚して、幼い子供達を育てなさい」と言い含め、泣き縋《すが》る幼子《おさなご》を残して西国に落ちて行った。

維盛は一の谷の敗戦の後、北の方と若君と姫君それぞれに、合わせて三通の手紙（藻塩草）を書いて無事を知らせ、末尾に右の歌を書き付けた。手紙を一通ずつ書いたのは、手紙を自分の形見《かたみ》としてほしいという思いからであった。しかし子供達には、形見という意味は伏せて、すぐに迎えに行くからと記した。子供達は父の言葉を信じ、「早く迎えに来て下さい」と父恋しさを返事にしたためた。維盛は子供達の言葉にいたたまれなくなり、都に帰って一目妻子に会いたいと恋しさが募《つの》り、三月十五日、終《つい》に屋島《やしま》から舟に乗って紀伊《きい》国に逃亡してしまう。

人間としての情愛を優先し、誠実に生きようとした維盛は、生まれた時代が早すぎたのだろう。屋島からの逃亡と自殺は、情愛をこの世の執着《しゅうちゃく》として否定され、武将として生きることを求められた時代に起きた悲劇であったと言えなくもない。

*藤原成親—後白河院の近臣。鹿ヶ谷事件の首謀者として殺害された（一一三八—一一七七）。

*六代—本名高清《たかきよ》。出家して妙覚《みょうかく》と号したが、文覚《もんがく》による源《みなもとの》通親《みちちか》襲撃計画に連座し、処刑された。生没年未詳。次項42にも。

42

生まれては終《つひ》に死ぬてふ事のみぞ定めなき世に定めありける

平維盛《たいらのこれもり》

【出典】源平盛衰記・巻四十・中将入道《ちゆうじやうにふだう》ノ入水《じゆすい》

この世に生まれると、最後には死ぬということだけが、無常であるこの世において、唯一の決まり事なのだなあ。

『源平盛衰記』巻四十「中将入道《ちうじやうにふだう》ノ入水《じゆすい》」に引用され、寿永三年（一一八四）、維盛が二十七歳で熊野の海に入水する直前に詠まれた歌とされる。

屋島から逃亡した維盛は、与三兵衛重景《よそうびようえしげかげ》、石童丸《いしどうまる》、武里《たけさと》の三人の従者と共に紀伊に上陸し、かつて小松家《*こまつけ》に仕えていた滝口入道《*たきぐちにゆうどう》の修行する高野山《こうやさん》に赴《おもむ》いて、重景、石童丸と共に出家した。滝口入道を善知識《*ぜんちしき》として熊野に参

【閲歴】41参照。

【語釈】○てふ―「と言ふ」の略。○定めなき世―無常であるこの世。

＊小松家―平重盛の家を指す。清盛の継室《けいしつ》である時子の子の一族、宗盛らと距離を置いた。

詣した後、那智《なち》に漕ぎ出で、*山成《やまなり》島に上陸して、「生年《しょうねん》二十七歳、寿永三年三月二十八日、那智の沖にて入水す」と銘跡《めいせき》を記し、右の歌を書き付けた。

その後再び船に乗り、那智の沖で西に向かって手を合わせ、念仏を唱《とな》えて心を澄ませたが、念仏をふと止めて、「ああ、妻子など決して持つものではないな。念仏しているこの最中にも、自分が死んだ後、妻子がどうか平穏に過ごしてほしいと胸によぎってしまったのだ」とつぶやいた。入道もその憐れさに涙したが、愛執《あいしゅう》を断ち切ることを説き、鉦《かね》を打ち鳴らして往生《おうじょう》を勧めた。維盛は念仏を百遍唱えた後、「南無《なむ》」と一声残して、海に沈んだ。

維盛の入水は、『平家物語』の中でもとりわけ感動的な場面である。念仏の途中で妻子への情愛の妄念《もうねん》がよぎる維盛の姿は、人間の弱さとそれゆえの愛《いと》おしさに満ちている。また、後世《ごせ》の往生のために入水《じゅすい》を勧める入道の葛藤《かっとう》も暗に示される。生きる道を探すべきだという感覚は現代的なものであって、この時代は、現世《げんせ》での幸せよりも来世《らいせ》での極楽往生が重んじられていた。

維盛が死の間際《まぎわ》まで気に掛けていたわが子の*六代《ろくだい》は、*文覚《もんがく》の嘆願により一度は救われたが、頼朝の死後、処刑された。六代の死によって、平家の一族は断絶する。ここに、平家繁栄の物語は幕を閉じるのである。

*滝口入道―斎藤時頼《ときより》。滝口の武士で重盛の従者であったが、建礼門院徳子に仕える横笛《よこぶえ》への恋慕《れんぼ》の情を断ち切るために出家した。高野山で修行し、真言宗別格本《べっかくほん》山《ざん》大円院《だいえんいん》第八代住職となる。高山樗牛《たかやまちょぎゅう》による小説『滝口入道』がある。生没年未詳。
*善知識―仏道に導く僧。
*山成島―和歌山県東牟婁《ひがしむろ》郡那智勝浦町《なちかつうらちょう》。勝浦の対岸にある最大の島。
*六代―前項41参照。
*文覚―俗名遠藤盛遠《もりとお》。神護《じんご》寺《じ》の復興に尽くした（一一三九―一二〇三）。

43

六道《ろくだう》の道の衢《ちまた》に待てよ君後《をく》れ先立《さきだ》つ習ひありとも

武蔵坊弁慶《むさしぼうべんけい》

【出典】義経記《ぎけいき》・巻八・衣川《ころもがは》合戦の事

あの世の六道の道の衢で待っていて下さい、わが君よ。この世に残されたり、先立ったりする別れの定めがあるとは言っても、すぐにあの世でご一緒しますので。

【閲歴】生年未詳。44でみる源義経の腹心の僧兵。熊野《くまの》別当《べっとう》弁心《べんしん》の子とも、湛増《たんぞう》の子とも。武蔵坊と号す。十八箇月母の胎内で過ごし、生まれた時にはすでに二、三歳程であったという。幼名鬼若《ようみょうおにわか》。六歳で比叡山《ひえいざん》に入り、修行するが、乱暴が絶えず出奔《しゅっぽん》。京で太刀を強奪《ごうだつ》し、千本目を狙った時、義経から返り討ちされ、忠臣となった。31・32・33でみた頼朝から追討されて奥州《おうしゅう》に落ちた義経に同行し、加賀国安宅《かがのくにあたか》の関《せき》で架空の勧進帳《かんじんちょう》を読み、衣川《ころもがわ》の合戦において立ちながらにして壮絶な最期を遂げた「弁慶の立ち往生《おうじょう》」など、数々の伝説が語られる。義経に同行した僧兵として史料に弁慶という名が現れるが、モデルの一人に比叡山延暦寺の悪僧《あくそう》俊章《しゅんしょう》が挙げられる。

『義経記《ぎけいき》』巻八「衣川合戦《ころもがはかっせん》の事」に引用される有名な歌であり、文治五年（一一八九）、弁慶が衣川合戦で敗死する直前に詠まれた作とされる。

頼朝と対立して追討宣旨《ついとうせんじ》を受けた義経は、奥州《おうしゅう》の＊藤原秀衡《ふじわらのひでひら》の許《もと》に落ち延び、庇護《ひご》を受けた。文治三年（一一八七）、＊泰衡《やすひら》が家督《かとく》を継ぐと、頼朝の策略に

【語釈】○六道の道の衢―死後、生前の行いによって、六つの世界に別れ行く道の分岐点。○後れ先立つ習ひ―生き残ったり、先に死んでしまったりする、この世

より、後白河院の義経追討の勧賞《けんじよう》を信じて、義経追討を受諾《じゆだく》した。

同五年（一一八九）、泰衡は、義経が宿館としていた衣川の館《やかた》を五百騎の軍勢で攻めた。対する義経方はわずか十騎であった。弁慶は、黒糸縅《くろいとおどし》の鎧《よろい》を血で真っ赤に染めながら、転んでは起き上がり、勇猛に戦った。残った家臣が弁慶と＊片岡経春《かたおかつねはる》の二騎になった時、義経は法華経を読んでいたが、弁慶は、たとえ死んでも義経が経を読み終わるまで守ると述べ、右の歌を詠んで、来世を共にすることを誓った。経春の死後、弁慶は鎧《よろい》に無数の矢が突き刺さったまま、義経のいる館を背にして、長刀《なぎなた》を逆さまに立て、敵を睨《にら》んで仁王立《におうだ》ちになり、金剛力士《こんごうりきし》のように笑いながら立っていたが、敵の馬がぶつかって倒れたので、死んでいたことがわかったという。弁慶の立ち往生として語られる壮絶な最期である。

史実《しじつ》としては、頼朝によって義経が謀反人《むほんにん》とされた後、義経は興福寺や延暦寺の僧兵たちに匿《かくま》われ、延暦寺の悪僧俊章《しゆんしよう》など数名が奥州に同行している。身の危険を顧みずに義経を守り抜く弁慶像は、鎌倉幕府の権力に従わず、自らの信ずる正義を武力によって守ろうとした、延暦寺や興福寺などの大寺院の僧兵《そうへい》の存在によって形成されたものであろう。

の習い。

＊藤原秀衡―鎮守府将軍《ちんじゆふしようぐん》として、奥州を支配した（？―一一八七）。

＊泰衡―秀衡の次男。文治五年（一一八九）、衣川の合戦の後、頼朝に攻められ、家臣によって殺された（一一五五―一一八九）。

＊片岡経春―義経腹心の郎等《ろうどう》。生没年未詳。

44

思ふより友を失ふ源《みなもと》の家には主《あるじ》あるべくもなし

源《みなもとの》義経《よしつね》

【出典】源平盛衰記・巻四十六・義経行家《ゆきいへ》都ヲ出《い》ヅ並ビニ義経始終《しじゆう》ノ有様《ありさま》ノ事

自分の心から湧き出た疑念の思いから、友を失ってしまう源氏の家には、一門の長《ちょう》たるべき主などあろうはずもないのだ。

【閲歴】平治《へいじ》元年（一一五九）生まれ。源義朝の九男。31・32・33でみた頼朝の異母弟。幼名牛若丸《うしわかまる》。七歳の時、鞍馬寺《くらまでら》に預けられ、遮那王《しゃなおう》と名乗る。出奔《しゅっぽん》して奥州に下り、藤原秀衡に庇護された。治承《じしょう》四年（一一八〇）、頼朝の挙兵を聞いて頼朝と対面し、義経は次兄範頼《のりより》と共に平家追討の大将軍を任される。木曾義仲を討伐し、一の谷の戦いなどで勝利した義経は、壇の浦の戦いで平家を滅ぼす。しかし頼朝と対立し、藤原秀衡を頼って奥州に落ちるが、文治五年（一一八九）、秀衡の嫡子《ちゃくし》泰衡によって攻められ、衣川の合戦で自害した。享年三十一歳。

【語釈】○思ふより友を失ふ―「より友」の部分に「頼朝」の名を詠み込む。

『源平盛衰記』巻四十六「義経行家《ゆきいへ》都ヲ出《い》ヅ並ビニ義経始終《しじゆう》ノ有様《ありさま》ノ事」に引用される歌であり、文治五年（一一八九）、義経が三十一歳で自刃《じじん》する直前の作とされるが、『源平盛衰記』の作者の創作であろう。

元暦二年（一一八五）三月、平家を壇の浦に滅ぼした義経は、頼朝に謀反《むほん》の疑いをかけられ、同年五月鎌倉に下るが＊腰越《こしごえ》にて留《とど》め置かれ、赦《ゆる》されないまま

＊腰越にて留め置かれ―義経は、捕虜となった平宗盛・

帰洛《きらく》した。義経が謀反《むほん》を起こすという噂は京中に広まり、同年十月、頼朝は家人《けにん》の*土佐房昌俊《とさぼうしょうしゅん》を上洛させ、義経の夜討《よう》ちを命じた。襲撃が頼朝の命《めい》によるものと知った義経は、後白河院に願って頼朝追討の院宣《いんぜん》を賜《たまわ》り、叔父*行家《ゆきいえ》と共に西国に落ちて頼朝と合戦することを決心する。しかし、頼朝は後白河院に義経追討の院宣を下すことを迫り、義経は一転して朝敵《ちょうてき》の身となった。義経は京から西国に落ちる途中、*石清水八幡宮《いわしみずはちまんぐう》の伏拝《ふしおがみ》に立ち寄り、*八幡大菩薩《はちまんだいぼさつ》に起請《きしょう》する。

　義経は、木曾義仲を追討してから平家討伐を成し遂げるまで、常に朝廷を守護する役割を果たした。頼朝の讒訴《ざんそ》によって京から西国に落ちる際も、朝廷を巻き込まず、都を戦乱から回避させる配慮を怠らなかった。君臣《くんしん》の忠義を重んずる義経に対し、同族を滅ぼす頼朝が世を治めるような今生《こんじょう》での願いは何もないとして、義経は来世での往生を祈願し、南無阿弥陀仏と百遍唱え、右の歌を詠んで自害した。義経の乗った船は、平家の怨霊《おんりょう》によって暴風に遭《あ》い、*住吉《すみよし》の浜に押し戻されて九州に落ち延びることができなかったという。右の歌には「頼朝」という名が詠み込まれており、八幡大菩薩の神罰が暗示されている。頼朝を清盛の姿と重ねることにより、源氏の滅亡は予見されたのである。

清宗父子と共に鎌倉に向かうが、鎌倉郊外の腰越にて留められた。30参照。

*土佐房昌俊—興福寺西金堂《さいこんどう》の衆徒《しゅと》であったが、土肥《とひ》実平《さねひら》に預けられ、頼朝に仕えた（?—一一八五）。

*行家—本名義盛。頼朝・義経の叔父（?—一一八六）。

*石清水八幡宮の伏拝—淀川対岸の遥拝所《ようはいじょ》である、山崎八幡宮。

*八幡大菩薩—清和源氏の守護神。31参照。

*住吉—大阪市住吉区の住吉大社の社前にあった住之江の浜。

45

ある程《ほど》があるにもあらぬうちになほかく憂《う》き事を見るぞ悲しき

平資盛《たいらのすけもり》

【出典】玉葉和歌集・雑・二三四四、建礼門院右京《けんれいもんいんうきょうの》大夫集《だいぶしゅう》・二二二

生きていても、生きていなくても同じであるようなこの世にあっても、やはりこのような兄弟の死に接するというつらい経験をするとは、本当に悲しいことであるよ。

【詞書】都を住み憂《う》かれて後《のち》、もの申しける女の許《もと》より、前右近中将《さきのうこんのちうじやう》維盛はかなくなりにけることを聞き伝へて、あはれもいとど色《いろ》添ふ様《さま》に言ひおこせて侍りける、

【閲歴】応保《おうほう》元年（一一六一）生まれ。25でみた重盛の次男。41・42でみた維盛の弟。維盛の本三位中将《ほんざんみちゅうじょう》に対し、新三位中将《しんざんみちゅうじょう》と称される。『平家物語』では、「平家の悪行《あくぎょう》のはじめ」として、嘉応《かおう》二年（一一七〇）に起こった、摂政松殿基房《せっしょうまつどのもとふさ》と資盛との乱闘事件に端を発する、15でみた清盛の基房への報復を掲げる。箏《そう》の名手であり、和歌にも優れた知識人で、自邸で歌会を主催するなど歌壇を支えた。『千載集』編纂《へんさん》の後白河院の院宣を、撰者である藤原俊成に伝えたのは資盛である。また、『建礼門院右京《けんれいもんいんうきょうの》大夫集《だいぶ》』には、恋人であった建礼門院右京大夫との私的なやりとりが収載される。元暦《げんりやく》二年（一一八五）、壇の浦にて入水。享年二十五歳。

寿永《じゅえい》三年（一一八四）の冬、資盛二十四歳の時の作。同二年、平家は九州へ落ち延びたが、豊後《ぶんご》国の豪族の緒方惟義《おがたこれよし》が謀反《むほん》を起こしたため、讃岐《さぬき》の屋島《やしま》に拠点を定めることとなる。惟義はもとは小松家の*家人《けにん》であったので、資盛が五百騎の軍勢で説得に当たったが、「昔は昔、今は

今」と言い放った。弟の*清経《きよつね》は、将来を悲観し、豊後国柳ヶ浦で小舟から入水し、翌三年（一一八四）三月には、兄の維盛が熊野《くまの》で入水する。

資盛と恋人関係にあった*建礼門院右京大夫《けんれいもんいんうきょうのだいぶ》は、資盛を心配して手紙を書き、兄弟の悲報に触れて、「*思ふことを思ひやるにぞ思ひ砕《くだ》く思ひに添へていとど悲しき」などの三首の和歌を贈った。資盛は、手紙を嬉しく受け取ったと礼を述べ、今日明日の命と覚悟しているので、今回は思いのたけを書き尽くしたいとして、右の歌を含む三首を書き添えた。

資盛はこれより先、右京大夫に「万事につけて、これからは死んだものとお思い下さい」と述べ、後世《ごせ》を弔《とむら》ってほしいと言い残していた。右京大夫は平家の悲報を聞くにつけ資盛の安否《あんぴ》を心配していたが、資盛から一通も手紙が来ないことを、この世に未練を残さぬようにしているのだと思って、それまで手紙を書き送りたくても、その思いを自制していたのであった。

右の歌の直前には、資盛の「*今は全《すべ》て何の情けもあはれをも見《み》もせじ聞《き》きもせじとこそ思へ」という歌も添えられている。冒頭に掲げた歌の「あり」という同語反復は、ことばを失うことと生きる意味を見失うことが同義であることを象徴するようだ。

返事《かへりごと》に（玉葉集）。

【語釈】○ある程―生きている間。○憂き事―兄弟たちの死を指す。

*小松家―42参照。

*清経―平重盛の三男（一一六三―一一八三）。

*建礼門院右京大夫―藤原伊行《これゆき》の娘。建礼門院徳子《けんれいもんいんとくし》に仕えた。家集に『建礼門院右京大夫集』がある（一一五七―？）。

*思ふことを…―あなたの気持ちを想像すると、本当に心が砕けるよう。察すれば察するほどますます悲しいことです（建礼門院右京大夫集・二一九）。

*今は全て…―もはやここまで、これからはもうどんな人の情《なさけ》も愛も見ることはすまい、聞くまいと心に決めたのだ（建礼門院右京大夫集・二二一）。

46

流れての名だにも止《と》まれ行《ゆ》く水のあはれはかなき身は消えぬとも

平《たいらの》行盛《ゆきもり》

【出典】新勅撰和歌集・雑・一一九四

永く語られ続ける名前だけでも、せめて勅撰和歌集に残ってほしい。水の流れのうたかたのように、私が死んではかないこの身が消えてしまっても。

【閲歴】応保《おうほう》二年（一一六二）以前の生まれ。15でみた清盛の次男基盛《もともり》の嫡男。父が応保二年に二十四歳の若さで夭逝《ようせい》した後、父の菩提《ぼだい》を弔《とむら》っていたが、伯父重盛に養育される。36でみた知盛、37でみた徳子、38・39でみた重衡の甥、41・42でみた維盛、45でみた資盛の従兄弟。正五位下《しょうごいげ》左馬守《さまのかみ》に至る。平家一門と共に都落ちし、後鳥羽天皇が即位した折、屋島にて都を懐かしみ、和歌を詠んだ。武将としてより歌人として優れ、都落ちの際、詠草《えいそう》を藤原定家《ふじわらのていか》に託した。元暦二年（一一八五）、壇の浦にて従兄弟の資盛と手に手を取って入水。享年二十四歳。

【詞書】寿永二年、大方《おほかた》の世《よ》静《しづ》かならず侍《はべ》りし頃、詠み置きて侍りける歌を、定家が許《もと》に遣はすとて、包紙《つつみがみ》に書きつけて侍りし（新勅撰集）。

【語釈】○流れての名―「永《なが》ら

延慶本『平家物語』巻七「行盛ノ歌、定家《ていか》卿《きやう》新勅撰《しんちよくせん》ニ入《い》ルル事」にも引用される歌で、寿永二年（一一八三）七月の都落ちに際して詠んだ作である。

行盛は、『千載集』撰者である藤原俊成の息子の定家《ていか》に家集を託して都落ちした。行盛の作品は『千載集』に「読み人知らず」として「*かくまではあはれならじをしぐるとも磯《いそ》の松が根枕《ねまくら》ならずは」が採られているが、定家は

*『新勅撰集《しんちょくせんしゅう》』の中でそれが行盛の歌であることを明かし、さらに行盛の名を掲げてこの歌を『新勅撰集』に入集《にっしゅう》させている。都落ちに際して自分の和歌の勅撰集入集を願い、家集を預けた平家歌人の有名なエピソードとしては、27で見たように、一般的には忠度の「*さざ波《なみ》や志賀《しが》の都は荒れにしを昔ながらの山桜《やまざくら》かな」に関するものが知られている。しかし実際には、忠度の家集は都落ちの前年に編纂《へんさん》された『月詣和歌集《つきもうでわかしゅう》』に採用されており、史実《じつ》とは言い難《がた》い。

　にもかかわらず、忠度のエピソードが広く知られるのは、定家の歌論集に忠度の和歌が選ばれたことが要因であろう。さらに、行盛のエピソードが『平家物語』でも延慶本と呼ばれ古態《こたい》を留《とど》めているとされる読み本の系統にのみ残されるのに対し、忠度のエピソードはいずれの諸本にも記され、琵琶《びわ》法師《ほうし》による平家語《へいけがた》りで知られる覚一本《かくいちぼん》と呼ばれるテクストに取り入れられたことが影響したと思われる。『平家物語』の成立に関しては未だ不明な点が多いが、同様の構図の話であるため、口承《こうしょう》の過程で行盛のエピソードは削除されたとも考えられるのだ。この歌は、『千載集』のみならず、『平家物語』の成立にも関わる重要な問題を孕《はら》んでいるのではなかろうか。

へての名」、すなわち「永く語られ続けるべき名」という意を掛ける。「水」「はかなき」「消え」は縁語。

*かくまでは……―これほどまでに、わびしい思いはしないだろうものを。たとえ時雨が降ってきても、磯の松の根を枕にして、旅寝《たびね》をするのでなければ（千載集・五二〇）。

*新勅撰集―藤原定家撰。第九番目の勅撰和歌集。文暦《ぶんりゃく》二年（一二三五）成立。

*さざ波や……―27参照。

47

昨日こそ浅間《あさま》は降らめ今日《けふ》はただ三原《みはら》なぎ給へ夕立《ゆふだち》の神

梶原景季《かじわらかげすえ》

【出典】仮名本曾我物語《かなぼんそがものがたり》・巻五・三原野《みはらの》の御狩《みかり》の事

昨日はご機嫌悪しく、朝方に浅間山《あさまやま》の麓《ふもと》で雨を降らせるような大荒れのお気持ちだったのでしょう。今日はもう、ひたすらにお気持ちを穏やかになさって、晴れにして下さい、夕立を降らせる雷神よ。

仮名本《かなぼん》『曾我物語《そがものがたり》』巻五「三原野《みはらの》の御狩《みかり》の事」に引用される歌。建久《けんきゅう》四年（一一九三）、景季三十二歳の時の作とされる。

頼朝が＊碓氷《うすい》峠《とうげ》で狩りを始めた時、俄《にわか》に曇って雷鳴が轟《とどろ》き、大雨が降り出したので、一行は峠の麓《ふもと》で一夜を明かした。明くる日、改めて浅間山上の三

【閲歴】応保《おうほう》二年（一一六二）生まれ。坂東平氏良文《ばんどうへいしよしふみ》流で、31・32・33でみた源頼朝の有力御家人である梶原景時《かげとき》の嫡男《ちゃくなん》。有力な御家人として頼朝、頼家に仕えた。44でみた源義経の配下で戦い、勇猛果敢な武将として、数々の先陣争いの逸話が残される。木曾義仲討伐の際、頼朝から「いけずき」という名馬を貰うが、かねて所望《しょもう》していた「するすみ」が佐々木高綱《ささきたかつな》に与えられた事を知り、高綱を殺して自害しようとした話は有名である。一方で、和歌などの都の文化に親しみ、頼朝との連歌《れんが》が残される。正治《しょうじ》元年（一一九九）、御家人の弾劾《だんがい》を受けて鎌倉を追放され、翌二年（一二〇〇）に敗死。享年四十九歳。

【語釈】○浅間―浅間山の麓。朝の間の朝間を掛ける。○三原―浅間山の上。浅間は縁語。○なぎ―穏やかになる。天候が回復する。○夕立の神―雷。「浅間」、「降ら

原野で狩りを催《もよお》したが、午前十一時頃、再び雷鳴が轟き、雨も降り始めた。落胆した頼朝は、景季に「歌を一首詠め」と命じ、景季は咄嗟《とっさ》に右の歌を詠んだ。頼朝は景季の才に頗《すこぶ》る感心し、碓氷峠の麓《ふもと》の五百余町の領地を下賜《かし》した。雷神《らいじん》も感動したのか、風雨《ふうう》も止《や》んだので、景季の評判はいよいよ高まったという。

右の歌は景季の歌才《かさい》を伝える作であるが、頼朝は折に触れて、この景季らと連歌《れんが》を行っていた。建久六年（一一九五）に上洛した折、*頼朝は慈円《じえん》と七十七首もの和歌を贈答するが、慈円に絶賛された頼朝の歌才は、景季など御家人たちとの即興的な連歌によって培《つちか》われた側面が指摘されよう。

真名本《まなぼん》『曾我物語』では、この話の直前に、狩りが殺生《せっしょう》の罪業《ざいごう》を犯す行為ではないかと苦悩する頼朝に対して、景季と*畠山重忠《はたけやましげただ》が経典《きょうてん》の知識によって罪業ではないと答え、感動した頼朝から恩賞を賜ったという逸話《いつわ》が記される。狩りとは殺人を職掌《しょくしょう》とした武士の文化であり、頼朝は武士の文化と貴族の文化の狭間《はざま》で苦悩し、景季はその学識《がくしき》と教養によって、在地武士と頼朝の間を埋める役割を果たしたのである。景季が神慮《しんりょ》に叶《かな》う和歌を詠んだことは、言わば武士と貴族の文化が交錯《こうさく》し、融合《ゆうごう》することの象徴であったと言えよう。

め」は縁語。

*碓氷峠―群馬県安中市《あんなか》と長野県北佐久《きたさく》郡軽井沢町の間にある峠。

*頼朝は慈円と―32参照。

*畠山重忠―頼朝の有力御家人。坂東八平氏《ばんどうはちへいし》のうちの畠山氏の出身（一一六四―一二〇五）。

48

静御前《しずかごぜん》

しづやしづ倭文《しづ》の苧環《をだまき》繰り返し昔を今になすよしもがな

【出典】義経記《ぎけいき》・巻六・静若宮八幡宮《しづかわかみやはちまんぐう》へ参詣《さんけい》の事

倭文《しっ》の織物を織る時に、苧環《おだまき》の糸を何度も巻き戻すように、静《しずか》や静やと義経さまが私の名を呼んで下さった、あの義経さまの全盛のお姿を、再びこの世に取り戻したいものです。

【閲歴】嘉応《かおう》元年（一一六九）の生まれか。平安末期から鎌倉初期にかけて生きた白拍子《しらびょうし》で、44でみた源義経の愛妾《あいしょう》。母は白拍子である磯禅師《いそのぜんじ》。平家滅亡後、京を落ちて九州に向かった義経に同行するが、吉野で義経と別れ、金峰山寺《きんぷせんじ》の衆徒《しゅと》に捕らえられて、母磯禅師と共に鎌倉に送られる。この時、静は義経の子を宿していた。静が男子を産むと、31・32・33でみた頼朝の命により、産後すぐに赤子は由比《ゆい》が浜にて殺された。京に戻った後、十九歳で出家して、天王寺の麓《ふもと》に庵《いおり》を結び、二十歳で往生を遂げたという。

『義経記《ぎけいき》』巻六「静若宮八幡宮《しづかわかみやはちまんぐう》へ参詣《さんけい》の事」に引用される有名な歌。文治《ぶんじ》二年（一一八六）、静十八歳の時の作とされるが、『義経記』作者の創作であろう。吉野で義経と別れ、母と共に鎌倉に送られた静は、頼朝と対面する。頼朝は、*京の旱魃《かんばつ》に霊験《れいげん》をもたらし、後白河院より日本一の白拍子という宣旨《せんじ》を

【語釈】○しづやしづ―乱《みだ》れ織《おり》の倭文《しっ》の布に、静《しずか》（しづか）の名を掛ける。○倭文の苧環―「繰り返し」の序詞《じょことば》。○昔を今になす―昔の全盛時を、再び今の世に取

賜った静の舞《まい》をぜひ見たいと思い、*梶原景時《かじわらかげとき》に静を説得させようとしたが、景時の高圧的な態度に静は返事にも及ばなかった。そこで頼朝は*工藤祐経《くどうすけつね》に説得を命ずると、平重盛に仕えた女房《にょうぼう》であった祐経の妻は、源氏の氏神である八幡神を祀《まつ》る鶴岡八幡宮《つるがおかはちまんぐう》に舞を奉納《ほうのう》すれば、頼朝と義経の仲も直り、義経を喜ばせるだろうと、言葉巧みに言いくるめた。

静は鶴岡八幡宮に赴《おもむ》くが、舞の奉納が頼朝の謀略《ぼうりやく》であると知る。静は舞の最後に右の歌をうたい、続けて「*吉野山峰《よしのやまみね》の白雪踏み分けて入《い》りにし人の跡《あと》ぞ恋しき」とうたい納めた。頼朝は「頼朝の世が終わって、義経の世になれというのか」と激怒したが、妻政子の取りなしによって赦《ゆる》された。静は多くの恩賞に与《あずか》ったが、義経の供養《くよう》のために、全て鶴岡八幡宮に奉納したという。

京に帰った静は、天王寺の麓に庵を造り、母と共に住み、出家して往生を遂げたという。この静の姿は平清盛の愛妾であった*祇王《ぎおう》と重なり、権力によって静を強制的に舞わせようとする頼朝の姿は、清盛と重ねて描かれる。頼朝に対して毅然《きぜん》と反抗の意を表明した静は、祇王よりもはるかに能動的であり、武士の文化を背負う女性の姿を示している。

り戻したい。『伊勢物語《いせものがたり》』三十二段所収の「古《いにしへ》の倭文《しづ》の苧環《をだまき》繰り返し昔を今になすよしもがな」に拠る。

*京の旱魃に霊験をもたらし―京で百日の旱魃が起こった時、静の舞によって三日間雨が降り続いたという。

*梶原景時―源頼朝の御家人で景季《かげすえ》の父（？―一二〇〇）。

*工藤祐経―『曾我物語』で曾我十郎・五郎の仇《かたき》とされた人物で、最初平重盛に仕えた（？―一一九三）。

*吉野山…―吉野山の峰の白雪を踏み分けて、山の奥に入って行った、義経の足跡が恋しく思われるように、お腹に宿した義経の子が愛おしく思われます。

*祇王―19参照。

49

宇都宮頼綱《うつのみやよりつな》

宇《う》津《つ》の山現《うつつ》にてまた越え行《ゆ》かば夢と見よとや跡《あと》残しけむ

【出典】続拾遺《しょくしゅうい》和歌集・雑・一三三六、歌枕名寄《うたまくらなよせ》・五二三九

宇津の山を現実に再び越えて行くのなら、夢だと思って下さいと言って、あなたは木に歌の文字を残したのだろうか。

【閲歴】承安《じょうあん》二年（一一七二）生まれか。下野《しもつけ》の豪族、宇都宮成綱《うつのみやなりつな》（業綱）の子。弟は勅撰歌人として名高い塩谷朝業《しおやともなり》（信生《しんしょう》）。北条時政の娘婿であり、娘の一人は藤原定家の嫡男為家《ためいえ》の正室。鎌倉幕府の有力御家人。文治五年（一一八九）の奥州合戦で功績を挙げた。元久《げんきゅう》二年（一二〇五）、畠山重忠を討伐するが、源実朝《みなもとのさねとも》謀殺計画の共謀者として嫌疑を掛けられて出家し、実信《じっしん》房蓮生《ぼうれんしょう》と号す。法然《ほうねん》の高弟《こうてい》である証空《しょうくう》に師事し、晩年は主に京に住んだ。歌人としても優れ、藤原定家と親交を結んだ。京の歌壇、鎌倉歌壇と並ぶ宇都宮歌壇の中心的存在。正元《しょうげん》元年（一二五九）没。享年八十八歳か。

『続拾遺集《しょくしゅういしゅう》』の詞書《ことばがき》によると、弟の*信生《しんしょう》法師と共に京から東国《とうごく》に下る途中、駿河《するが》国宇津の山で歌を書き付けたが、ほどなく信生が没した。その後東国から一人で都に上る途中にその時の歌を見つけ、傍《かたわ》らに書き付けた作。信生の没年は、嘉禎《かてい》三年（一二三七）、宝治《ほうじ》二年（一二四八）などの説があり、頼綱六十六歳、あるいは七十七歳の時の作か。

【詞書】信生《しんしやう》法師伴《ともな》ひて東《あづま》の方《かた》に罷《まか》りけるに、宇津《うつ》の山の木に歌を書きつけて侍《はべ》りける後《のち》、程《ほど》なく身まかりにければ、都に一人上り侍るとて、かの歌の傍《かたはら》に書き添へ侍りける（続拾遺集）。

頼綱は、元久二年（一二〇五）に出家して蓮生《れんしょう》と号してから、主に京を拠点としたが、御家人としても重職を任されており、しばしば京と東国を往還していた。また、弟塩谷朝業《しおやともなり》も源実朝の死を契機として、承久《じょうきゅう》二年（一二二〇）に出家して信生と号し、法然の高弟*証空《しょうくう》に師事して京と東国を往還《おうかん》した。

頼綱の娘の一人が藤原定家の嫡男為家《ためいえ》の正室《せいしつ》となるなど、頼綱と定家は親交を結び、頼綱の京の嵯峨中院山荘《さがちゅういんさんそう》の障子和歌《しょうじわか》を定家に依頼したものが、『小倉《おぐら》百人一首』の原型とされたのは有名な話である。また信生は、京から鎌倉、塩谷への東国紀行を『信生法師集』としてまとめた。

こうした蓮生、信生の往還活動を始め、東国の武士が*御子左家《みこひだりけ》などの京の歌人たちと交流することによって関東に宇都宮歌壇が開花した。それだけにとどまらず、彼らの造寺・造仏活動に伴って都から多くの知識人が下向《げこう》した結果、東国の地に貴重書が蒐集《しゅうしゅう》される礎石《そせき》ともなった。また*親鸞《しんらん》は関東に二十年滞在し、その間に『教行信証《きょうぎょうしんしょう》』を著《あらわ》している。この時代に蓄積された文化活動は、室町時代に*足利学校《あしかががっこう》として結実する。

右の歌は、蓮生、信生らの往還活動が京と東国、貴族と武士の文化の架《か》け橋《はし》となり、双方に大きな影響をもたらしたことを象徴するものである。

【語釈】○宇津の山―駿河の歌枕。静岡市駿河《するが》区宇津《うつ》ノ谷《や》と岡部町との境にある、宇津ノ谷峠。現実の意である「うつつ」を導く序詞。「越え」「夢」は縁語。

*信生―源実朝の重臣、歌人（一一七四―一二三七？　一二四八？）。

*証空―浄土宗西山《せいざん》派《は》の祖（一一七七―一二四七）。

*御子左家―藤原俊成、定家によって確立された歌道の家。

*親鸞―浄土真宗の宗祖（一一七三―一二六二）。

*足利学校―下野国足利庄に創建された、東国の教育機関。

50

我《わ》が来《き》つる道の草葉《くさば》や枯れぬらむあまり焦《こ》がれて物を思へば

源《みなもとの》 義高《よしたか》

【出典】延慶本平家物語・巻七・兵衛佐木曾《ひやうゑのすけきそ》ト不和ヲ成ス事

私が歩いてきた道に生えていたあの草葉は、枯れてしまっただろうか。あまりにじりじりと、焦がれて物思う胸の炎が燃え盛るので。

延慶本『平家物語』巻七「兵衛佐木曾《ひやうゑのすけきそ》ト不和ヲ成ス事」に引用される歌。義高十一歳の時の作とされるが、同本作者による創作と思われる。

寿永二年（一一八三）三月、頼朝は十万余騎の軍勢で、木曾義仲討伐のため信濃《しなの》に向かった。頼朝と対立した源行家《ゆきいえ》＊を庇護《ひご》した嫌疑《けんぎ》と、平重盛の娘婿になって、平家と同心《どうしん》して頼朝に謀反《むほん》を起こすという武田信光《のぶみつ》＊の讒言《ざんげん》によるもの

【閲歴】承安《じようあん》三年（一一七三）生まれか。清水冠者《しみずのかんじや》と号す。義重《よししげ》、義基《よしもと》とも。木曾義仲の嫡男。寿永二年（一一八三）、父義仲が31・32・33でみた頼朝に謀叛《むほん》の嫌疑をかけられたため、義仲は頼朝に異心《いしん》のないことを示すために、人質として十一歳の義高を鎌倉に差し出した。義高はこの時、頼朝の長女大姫《おおひめ》の婿《むこ》という名目で、海野幸氏《うんのゆきうじ》や望月重隆《もちづきしげたか》らの従者《じゆうしや》を伴《ともな》って関東に下向した。都入りした義仲は後白河院と対立し、元暦元年（一一八四）一月、頼朝は弟の範頼《のりより》と44でみた義経を京に発遣《はつけん》して義仲を追討させた。大姫は義高を逃がそうとするが、同年四月、義高は武蔵国入間河原《むさしのくにいるまがわら》で捕らえられ、殺害された。享年十二歳。

【語釈】○我が来つる―「我がてつる」を改める。長門本《ながとぼん》では「はや来つる」。○枯れぬらむ―枯れてしまっただろうか。「草葉」と縁語。

＊源行家―源為義《ためよし》の十男。以仁王の令旨により、源氏の

だった。武力衝突直前、義仲は嫡男義高を人質として鎌倉に下向させることで、和議《わぎ》が成立した。右の歌は、義高が信濃から鎌倉に下向する途中に詠んだ歌とされる。義高は、頼朝の長女大姫《おおひめ》の婿という形で鎌倉に迎えられた。しかし、翌寿永三年一月、頼朝の命《めい》を受けた源範頼《のりより》・義経軍によって、義仲は粟津《あわづ》の松原《まつばら》で敗死した。大姫は義高を逃がそうとするが、四月、義高は武蔵国入間河原《いるまがわら》で殺害された。時に義高十二歳、大姫六歳であった。

大姫は、婚約者であった義高が父頼朝によって討伐されたことに深く傷つき、生涯病がちとなった。義高と大姫のこの悲恋《ひれん》は、室町時代に脚色されていくつかの『清水冠者《しみずのかんじゃ》物語』として発展している。

右の歌は、「我が来つる道」という初句《しょく》や「草葉が枯れる」という表現によって、義高の悲劇的な将来がすでに暗示されているが、この表現からは、旅路《たびじ》の松の枝に自らの命をうたった、有名な*有間皇子《ありまのみこ》の「*磐代《いはしろ》の浜松が枝《え》を引き結び真幸《まさき》くあらばまた還《かへ》り見む」という歌が連想されよう。皇子も従兄弟の中大兄皇子《なかのおおえのおうじ》への謀反を企てたと密告され、旅路の途中で処刑された。この歌は、義高をその有間皇子になぞらえて創作され、読者もまた義高に有間皇子のイメージを重ねた結果、物語に発展したものと思われる。

挙兵を促した（？—一一八六）。

＊武田信光の讒言—義高を婿に取ろうとしたが、侮蔑《ぶべつ》的な言葉で断られたことを恨んだという。

＊有間皇子—孝徳《こうとく》天皇の皇子。蘇我赤兄《そがのあかえ》と謀反を企てるが、密告されて処刑された（六四〇—六五八）。

＊磐代の…—熊野の道にある、磐代の浜松の枝を引き結んで願いを懸け、もし願いが叶って命が無事であったならば、またここに還ってこの松を見よう（万葉集・一四一）。

源平の武将歌人概観

武将歌人ということばは、貴族歌人ということばが成立しないように、暴力と文化という相反《あいはん》するイメージの接合から成立したものである。しかし武士といっても、都の警察権を職掌《しょくしょう》とする武門貴族と、地方において受領《ずりょう》の配下で税の徴収を暴力的に行った強盗まがいの集団を指す場合とがあり、従来両者が混乱したまま武士のイメージを形成していたように思われる。源頼朝の出自である清和《せいわ》源氏や、平清盛を頂点として栄えた桓武《かんむ》平氏の一族は前者である。とはいえ、平安時代を通じて武門貴族は軽んじられたため都での出世を諦《あきら》め、源氏や平氏の一族の多くは受領として地方に下って土着化《どちゃくか》した。そこで在地の武士たちとの交流が生じ、生活様式を等しくするようになった者も多い。都の公卿《くぎょう》たちは、在地武士と一体化した武門貴族を暴力集団の首領《しゅりょう》として捉《とら》え、教養から遠く隔たった異質な者として軽蔑した。しかし院政期に律令《りつりょう》政治の破綻《はたん》が明らかになり、武力が政治を決定する現実に直面して、武門貴族は再び政治の中枢《ちゅうすう》で発言しようとする。そのとき彼らに必要となったものが和歌に他ならなかった。和歌とは天皇制の確立と密接に関わるものであり、和歌を詠むことは、朝廷という共同体の文化の共有を意味したのである。平家の武将たちが積極的に和歌を詠んだのは、武を軽んじて貴族化したためではない。源頼朝が御家人たちと連歌《れんが》を詠み、鎌倉に歌人を招いたのも、和歌と政治が切り離せないからであった。平氏や源氏の武将たちが和歌を詠むことは、個人的な感慨《かんがい》を超えて、武士の統治《とうち》を意味したのであった。

略年譜

本書で取り上げた作者たちの時代が概観できるように作成した。関連事跡では本文、脚注で触れた合戦などに関わる事項、参考事項では主要な和歌、歴史的事項について記した。

年号	西暦	関連事跡	参考事項
長和五	一〇一六	源頼光、内昇殿。	
寛徳元	一〇四四	源頼実、命と引き換えに名歌を詠む。	
承暦三	一〇七九	源頼綱、延暦寺の強訴鎮圧。	
永保三	一〇八三	源義家、陸奥守鎮守府将軍として二度目の赴任、後三年の役鎮圧。	一〇八七 後拾遺集
元永元	一一一八	(〜一一二三)源仲正、源義親追討。	一一二六 金葉集
長承元	一一三二	平忠盛、内昇殿。	一一二九 白河院没
保元元	一一五六	七月、保元の乱。崇徳院讃岐へ配流。	一一五五 近衛天皇没
平治元	一一五九	十二月、平治の乱。平清盛、藤原信頼・源義朝を破る。	一一五六 鳥羽院没 一一六四 崇徳院没
治承四	一一八〇	四月、源頼政、仲綱挙兵。宇治橋の合戦にて自害。六月、福原遷都。八月、源頼朝挙兵、石橋山の戦いで敗れる。十一月、還都。十二月、平重衡、南都焼討。	一一六五 二条天皇没 一一七七 鹿ヶ谷の陰謀 一一八一 平清盛没 一一八一 高倉院没

寿永二	一一八三	五月、倶利伽羅峠の戦いで木曾義仲が平家軍を大破。七月、平氏都落。	一一八三	後鳥羽践祚
三	一一八四	一月、粟津の松原にて義仲敗死。二月、一の谷の合戦、忠度、経正敗死。三月、維盛、那智にて入水。四月、源義高誅殺。		
元暦二	一一八五	三月、壇の浦の戦い。安徳天皇、平時子、教盛、資盛、行盛、知盛ら入水。六月、宗盛、重衡処刑。		
文治二	一一八六	三月、静御前、母の磯禅師とともに鎌倉に送られる。四月、後白河院、大原に建礼門院徳子を訪ねる。	一一八七	千載集
五	一一八九	四月、衣川の戦いで武蔵坊弁慶敗死、義経自害。		
建久三	一一九二	三月、源頼朝、征夷大将軍。	一一九二	後白河院没
六	一一九五	三月、源頼朝、東大寺供養のため二度目の上洛。慈円と和歌贈答。	一一九六 一一九九	建久の政変 源頼朝没
元久二	一二〇五	八月、宇都宮頼綱出家、蓮生と号し、京に居住。	一二二一	承久の乱

解説　「超越する和歌──「武者《むさ》ノ世《よ》」に継承された共同体意識」──上宇都ゆりほ

朝廷の共同体意識

和歌は「五・七・五・七・七」の五句からなるおよそ三十一文字で形成され、明治以降は短歌と名称を変えつつも、その形式は保持され続けている。和歌を詠む主体が貴族であろうと、武士であろうと、あるいは庶民であってもその形式は破壊されることなく踏襲《とうしゅう》された。このことは、和歌においては、作品の形式が作品を創造する主体より重要であったということを証するものである。

もともと神を喜ばせる芸能的側面から発したであろう和歌と政治が明らかに結びついたのは、紀貫之《きのつらゆき》による『古今和歌集仮名序《こきんわかしゅうかなじょ》』における和歌神授《しんじゅ》説であった。すなわち、和歌はこの世の天地開闢《かいびゃく》と共にあり、素戔嗚尊《すさのおのみこと》が三十一文字という形式を完成させたとするものである。中国の文化を模倣した漢詩・漢文よりも、和（日本）の歌を高位に位置付けようと意図されたこの和歌神授説は、天皇の宗教的権威の絶対化と結びついて、以後深く日本文化に影響を与え続ける。和歌を詠《えい》ずるのは主に歌会《かかい》、歌合《うたあわせ》といった行事においてであるが、それらは貴族・皇族などの権門《けんもん》が擁《よう》する歌人たちの会合でもあり、多くは祝賀《しゅくが》性をも帯びていため、権門への従属《じゅうぞく》を表明する場として重要であった。こういった場で詠まれた和歌は、私的な述懐《しゅっかい》よりも、公的な色彩の強い、類型的表現の多用される作品がほとんどであったが、それこそが共同体を確認する和歌の本質を表すものであった。

逆に言えば、私的な述懐の和歌が多くの人々の目に触れることは稀《まれ》であった。和歌に求められたのは、共同体への参加の表明であった。それは、現在の文学作品において、個人の思想や感慨が第一義とされることとは全く方向を異《こと》にするものである。とはいえ、和歌は私的な手紙などのやりとりでも活用されており、贈答歌などにおける和歌は、活《い》き活《い》きとした感情のうねりに満ちていた。作者が自己の内面に向かいたい、あるいは、個としての存在を表したい、という文学的な欲望は、人間の精神活動において、普遍的に存在するものであり、そのような動機によって、多くの家集が編まれたのである。

軍事貴族の引き裂かれた欲望

武士とは、文字どおり武、すなわち戦いを職掌《しょくしょう》とする軍人を指す。公的な官職としては、内裏《だいり》の警護をする近衛府《このえふ》、宮中《きゅうちゅう》の警察権を行使《こうし》する検非違使《けびいし》などがあり、ほかに海路の物流を守るための海賊追討使《かいぞくついとうし》、朝廷との関係が不安定であった奥州《おうしゅう》に出兵するための鎮守府《ちんじゅふ》将軍などがあった。しかし近衛府のように、公卿《くぎょう》の子弟の出世コースとして形骸化《けいがいか》した役職もあり、皇族・貴族や有力寺院は、私的に軍事力を抱えるようになった。また地方では、院政期になると惣追捕使《そうついぶし》が置かれ、諸国の軍事・警察権が国司《こくし》の兼任や在地豪族によって担《にな》われた。河内《かわち》源氏や摂津《せっつ》源氏、伊勢《いせ》平氏などは、受領《ずりょう》の職を歴任しつつ、任国《にんごく》に根付いて悪党《あくとう》を統括《とうかつ》し、次第に強大な軍事力を備えたことによって、院の近臣《きんしん》として、私的に警護・軍事活動を任されるようになったのである。

彼らはもともと院や摂関家《せっかんけ》との関わりによって官位や任国を与えられていたため、朝廷の機構内部で活動していた。従って、朝廷における共同体の一員として、和歌は必要不可欠な教養であり、また政治的手段でもあった。とすれば、清和《せいわ》源氏の祖である鎮守府将軍《ちんじゅふしょうぐん》源《みなもとの》経基《つねもと》が『拾遺集《しゅういしゅう》』の勅撰歌人《ちょくせんかじん》であり、また大江山《おおえやま》の鬼退治などの武勇伝が伝説化された源《みなもとの》頼光《よりみつ》もまた勅撰歌人であることは、むしろ当然と言えよう。彼らにとって、武勇は朝廷における出世のための方便《ほうべん》でしかなかったのである。むしろ、軍事力を増強すること、すなわち地方に土着化し、在地の豪族やその配下の暴力集団と結び付きを強めることは、文官《ぶんかん》的出世からは反比例的に遠ざかる要素でしかなかった。

源頼政《みなもとのよりまさ》の和歌

その引き裂かれた欲望の頂点とも言える存在が、源頼政である。一般的に知られる、源平の合戦の発端として、平家打倒の急先鋒《きゅうせんぽう》となった頼政のイメージとは、彼の人生の最後、七十七歳の人生終焉《しゅうえん》の一ヶ月の間の出来事で創られたものである。この一ヶ月を除くと、彼の人生とは、保元《ほうげん》の乱、平治《へいじ》の乱において親族を殺害することにすら従事《じゅうじ》したにもかかわらず、武官の常《つね》として、朝廷における官位は恵まれないものであった。その一方で、歌人として多くの貴族と交流し、官位を願う述懐歌《しゅっかいか》が評価されて、内昇殿《うちのしょうでん》を許され、のちに摂津《せっつ》源氏の家格《かかく》からは破格の三位《さんみ》にまで叙《じょ》されたのであった。文官的な生き方を望みつつ、武官として生きねばならなかった頼政は、しかしやはり人生の最後に武将として果てることになる。それは、頼政の個人的な欲望をも呑み込む時代の流れというものであったかもしれない。しかし頼政の和歌は、作者個人の内面の葛藤《かっとう》という文学的側面が高く評価され、それが破格《はかく》の官位にも繋《つな》がり、家集も広く読まれたのである。頼政は、宮廷や歌会における公的な和歌を超えて、作者個人の思想や感慨そのものを評価された点においても、宗教的権威や血統主義的律令政治が崩壊しつつある、中世という時代の幕開けにふさわしい歌人であった。

和歌による諸国統治と朝廷交渉―源平の武将の自立

『平家物語』には、平忠盛《たいらのただもり》が内昇殿《うちのしょうでん》の許しを得て内裏に列席《れっせき》した時、公卿たちから「すが目の伊勢平氏」と笑われ、侮蔑《ぶべつ》されたという逸話《いつわ》が収載《しゅうさい》される。しかし、忠盛への評価を変えたのは、鳥羽天皇が忠盛の和歌を称讃《しょうさん》したことによるものであった。天皇から和歌を称讃されたということは、忠盛が朝廷における共同体意識を共有するという保証が天皇より下されたことを示すものであった。

忠盛を始め、子息の経盛《つねもり》、忠度《ただのり》、孫の維盛《これもり》ら平家の武将たちは、自邸《じてい》において歌会や歌合を催《もよお》し、また専門歌人たちと交流を深め、平家歌壇《へいけかだん》と呼ぶべき歌壇史の一時期を創り上げた。平家の公卿たちが和歌を詠むのは、平家が貴族化したためであると広く信じられているが、これまで述べてきたように、それは幾重《いくえ》にも間違った解釈である。現在平家歌人の和歌が一般的に知られていないのは、源平の合戦の敗者という政治的な理由から、後白河院《ごしらかわいん》が編纂を命じた『千載集《せんざいしゅう》』には、平親宗《たいらのちかむね》がその名を記されて三首入集《にっしゅう》した以外、経盛・忠度・経正《つねまさ》・行盛《ゆきもり》らが作者の名を伏せられ、「読み人知らず」として合わせてわずかに五首ほどを収められるに止《とど》まったためであろう。さらに後代の勅撰集においても、鎌倉幕府への政治的配慮などが働いたために、平家歌人たちの和歌は、作品としての評価とは無関係に、不当に少ない入集数《にっしゅうすう》となったという結果がある。

源頼朝《みなもとのよりとも》も、おそらく流人《るにん》として伊豆《いず》にいた頃から、東国に下ってきた学僧や貴族らに和歌を学んでいたと推測される。頼朝を語る説話では、頼朝はたびたび御家人《ごけにん》たちと連歌を行っているが、それは頼朝の趣味というよりも、朝廷と交渉をするときに和歌の素養が必要だったからであり、また御家人たちに文化を共有させることによって、武士を統率《とうそつ》し、東国を統治《とうち》するための手段となったからでもあった。実際、頼朝が上洛した時、和歌の贈答を行った慈円《じえん》は頼朝の技量に驚嘆《きょうたん》したが、このことによって政治的交渉が円滑に行われたのみならず、後代《こうだい》まで頼朝は称讃され、「武者《むさ》ノ世《よ》」の到来を、頼朝をもって三種の神器の失われた宝剣《ほうけん》の代替《だいたい》とした慈円の歴史観（『愚管抄《ぐかんしょう》』）に深く影響を与えている。

和歌は、源平の武将たちにとって、対外的には朝廷との交渉において、同じテーブルに着くためには習熟していることが絶対的条件となり、対内的には配下《はいか》の武士たちを統率し、国を統治するために必要不可欠な文化であった。従って、実朝《さねとも》は京の貴族への憧憬《しょうけい》が強かったために和歌をよく詠んだという説も同様に誤りである。

鎌倉幕府御家人たちの和歌

実朝が暗殺された後、京より摂関家の頼経《よりつね》、頼嗣《よりつぐ》が将軍に就《つ》き、続いて後嵯峨《ごさが》天皇の皇子宗尊《むねたか》親王が鎌倉に下ったことから、鎌倉歌壇と呼ばれる文化の拠点ができた。また、常陸《ひたち》の宇都宮頼綱《うつのみやよりつな》（蓮生《れんしょう》）・塩屋朝成《しおやともなり》（信生《しんしょう》）兄弟は、京と常陸を往還《おうかん》し、また京より歌人を招いて、独自の歌壇活動を行った。鎌倉歌壇、宇都宮歌壇は、頼朝が目指した京と対等な政治体制が東国に根付いたことを裏付けるものとなった。ここに至って、武士にとっての和歌とは、律令政治における貴族の血統主義的な政教性《せいきょうせい》から離れ、武士自身の手による表現手段へと変貌《へんぼう》を遂《と》げる。以後、東国と京の往還運動の中で、両者の和歌は相互に影響し合い、昇華《しょうか》されて、室町文化に引き継がれるのである。『平家物語』に語られる武将たちの創作歌も、そのような文化の運動の中で、民衆が求める武将たちの姿として語られ、享受《きょうじゅ》されたものであった。

源平の合戦があまりにも鮮やかに中世の到来《とうらい》を告げたため、武士とは何か、という基本的な概念すら曖昧《あいまい》なまま、武士と貴族は全く異なる文化を有するものであると単純に線引きされていたように思う。その延長線上に、鎌倉幕府の成立によって貴族文化は全て否定されるか、あるいは京と東国で全く異なる文化が生じた、などという幻想が生まれるのだろう。しかし、和歌というただ一点において、古代と中世、貴族と武士は繋がっている。そして、それは現代までも連綿《れんめん》と連《つら》なる文化であり、われわれのことばや思考様式の基盤には和歌が存在しているのである。

読書案内

『武士はなぜ歌を詠むか―鎌倉将軍から戦国大名まで』 小川剛生 角川叢書 二〇〇八

著者は貴族文化における和歌について、個人的な感慨《かんがい》の吐露《とろ》よりも、歌会という公的な場においてうたわれる政教《せいきょう》的な要素に本質を捉える。頼朝は和歌を統治のための文化と位置付け、重視した。武士と和歌の関係のみならず、和歌が単なる文学にとどまらないことを教えてくれる本。

『武力による政治の誕生』 本郷和人 講談社選書メチエ 二〇一〇

著者は、武力と統治という観点から、中世王権論について新たな視点を提示している。貴族から武士への政治の移行は、武士による軍事力の掌握《しょうあく》によるものとし、また統治が撫民《ぶみん》にあることを、幕府は朝廷の文化から学んでいったとする。武の本質を捉え、武力と統治の構造が鮮やかに語られる。『武士から王へ――お上の物語』（ちくま新書 二〇〇七）も併《あわ》せて読みたい。

『無縁所の中世』 伊藤正敏 ちくま新書 二〇一〇

著者は、残存する大半の中世文書は寺社史料であるという事実に基づき、中世社会の構造を構築し直す作業を続けている。中世社会の中心は、広大な荘園《しょうえん》と僧兵《そうへい》という武力によって、朝廷や幕府をも上回る権力を有した寺社であり、無縁所《むえんじょ》として多くの人々を受《う》け容《い》れていた。民衆や在地武士の実態に、中世社会の姿が浮《う》き彫《ぼ》りにされる。『寺社勢力の中世――無縁・有縁・移民』（ちくま新書　二〇〇八）も併せて読みたい。

『頼朝の時代――一一八〇年代内乱史』　河内祥輔　平凡社選書　一九九〇

源平の合戦の背景や、朝廷と鎌倉幕府の関係について、史料の読み直しによって真実に迫ろうとする書。頼朝と後白河院の交渉の真実や、守護《しゅご》・地頭《じとう》の設置の意義などについて、わかりやすく解説される。鎌倉幕府成立史を知るための基本となる書。『保元の乱・平治の乱』（吉川弘文館　二〇〇二）も併せて読むと、平家隆盛までの歴史がわかる。

○

『平家の群像――物語から史実へ』　高橋昌明　岩波新書　二〇〇九

『平家物語』と史実の間を検証することにより、平家政権の意味を問い直し、平家の人々の実像に迫る書。頼朝以前に、すでに清盛によって六波羅《ろくはら》幕府が開かれており、清盛の目指したものは平氏系新王朝であるという論説は圧巻であり、従来の平家観も変わるだろう。

○

『平家物語大事典』　大津雄一ほか編　東京書籍　二〇一〇

『平家物語』の登場人物や物語に関する事項だけでなく、典拠や歴史記録、『平家物語』から派生した文学作品や映画、ドラマや漫画まで、関連事項が幅広く網羅され、最新の研究成果が反映される。第Ⅰ部・物語編、第Ⅱ部・周縁編、第Ⅲ部・研究編の三部仕立。

【付録エッセイ】

平家物語（抄）

『昭和文学全集』第九巻（小学館　昭和六十二年十一月）

小林秀雄

芸予海峡の中程に、大三島という島があり、島の西海岸に、大山祇《おおやまつみ》神社《じんじゃ》という社がある。現存する甲冑《かっちゅう》で、国宝や重要文化財に指定されているものの八割はこの古い社にある。古甲冑のほん物、一流品を見ようとするなら、あそこへ行かなければ、先ず駄目な事だ。これは予《かね》てから承知していた。

私は戦争中、「平家物語」を愛読していた。誰も知る通り、「平家」の語る合戦とは、華やかに着飾った鎧《よろい》武者《むしゃ》の一騎打ちであり、先ず彼等の「其の日の装束」が慎重に語られなければ、合戦は決して始らない。夕日のさす屋島の浦に、紅と金色の扇が、与一に射られて落ちる。海に乗り入れたこの若武者の着ていた鎧は、萌《もえ》黄縅《ぎおどし》であったと知らされる。与一に射よと下知した義経の鎧は、紫《むらさき》裾濃《すそご》だったと言われる。

…（中略）…

さて、見るのに随分手間がかかった鎧だが、見てみれば、ははあ、なある程、ご尤《もっと》もと言うより他に言葉が出ないところが、まことに面白かった。義経の鎧も、その配下で屋島や壇

小林《こばやし》秀雄《ひでお》（文芸評論家）［一九〇二―一九八三］『小林秀雄全集』。

浦で戦った河野四郎通信の鎧《よろい》兜《かぶと》も、所伝そのままを信じて、少しも差支えない、と私には思われた、それほど見事だったからだ。もっと私の心にはっきり来た事は、これら源平時代の甲冑の、眼の前に現じている姿は、心のうちで捕えている「平家」という文学の姿そのままだという感じであった。時代が次第に下り、甲冑の姿が変って来て、それがそのまま「太平記」という姿になる事も亦はっきりと見て取れるように思われた。「平家」の文体は、普通、和漢混淆文《わかんこんこうぶん》と呼ばれている。成るほど分析的に読めば、和文調と漢文調とが交錯した雑然とした奇妙な文体には違いない。しかし、それは、無論、私がここで言う「平家」文学の姿ではない。姿は、もっと奥の方にある。和漢混淆文という言葉は、いつ頃から使い出されたものか知らないが、「平曲」という肉声が、もはや聞けなくなり、「平家」という活字本を目で辿《たど》るようになってから、使われ出した言葉には相違あるまい。

しかし、熟読すれば、活字本に言わば潜在する肉声は、心で捕える事が出来る。今日、「平家」を愛読する者は、皆そうしている筈だ。眼の前の甲冑は、私が聴覚で失ったところを、はっきりと視覚で恢復《かいふく》してくれているように見えたのである。優しいものと強いものと、繊細なものと豪快なものと、どんなに工夫して混ぜ合わそうとしても詮ない事が、疑いようのない一つの姿に成就されて立っている。そんな感じがした。歴史が創るスタイルほど不思議なものはない。

わが国の古典で、「平家」ほど複雑な構造を持った文学はない。和漢混淆文どころの沙汰ではない。高度に微妙な象徴的な語法から、全く通俗な写実に至るものがある。仔細《しさい》らしい説教から、理窟抜きの娯楽に至る、層々として重なる厚みある構成がある。これらに、人々の様々な類型と劇とが配分され、抒情と叙事とに織りなされ、その調べは、暗い詠歎から、無邪気な哄笑《こうしよう》に亘る。言うまでもなく、「平家」十二巻の作者は、個人を越えた名手であって、信濃前司行長ではない。

……（中略）……

「平家」と甲冑との間には、「平家」に扱われた最大の主題が合戦であるということだけではすまされぬ深い縁があるようだ。語り手と聞き手達との間に成立したこの文学には、本質的に、工芸品めいた性質がある。この事は、同じ頃に成った「新古今」の姿を思えば、随分はっきりと来る事で、成る程、「新古今」の作者等は、幾人も「平家」に登場しているし、両者に共通した歌も見られるが、内に向って考え込んだ極めて意識的な歌の世界は、外に向って演じられた物語の世界とは、まるで出来が違う。「平家」は甲冑のように、生活の要求の上に咲いた花だとさえ言えるようなものがある。その構造の複雑の由って来るところにも、同じ意味合いが読めるように思われる。「平家」は、人々を、専門的な文学の世界に導こうとしてはいない。人々の日常生活から発する雑然たる要求、教えられたい要求にも、笑い飛ばしたい要求にも、詠歎の必要にも、観察の必要にも、一挙に応じようとしている、そんな風な姿をしている。

「平家」という装束は、言わば私達の机上にある。面倒な補修保存の労も要らぬ。古い言葉の大組織は、成ったがままの形で在る。音曲という色は褪《あ》せて消えたが、この驚くべき統一体の姿は、私達に感得出来る。この独特な様式を創った力とは何だろう。この生きた歴史の息吹きの構造は複雑と言うより微妙と呼ぶべきものであろう。これは、歴史を語ると言いながら、実は一種の社会学しか語れない現代の歴史家達が、忘れ果てた真実ではなかろうか。

今でも、「平家」は折にふれて読むが、「源氏」となるとどうも億劫《おっくう》である。名作には違いないが、「源氏」のあの綿密な心理の世界には、何か私を息苦しくするものがある。五十四帖のうち、一巻あげるならどれが好きかと言われれば困るが、ためらわずに言えば、「野分」と答える。あそこで「源氏」という書斎の窓が開く、そういうものがある。それにしても、「明石」の雷鳴が、源氏の読経の中で鳴っているように、「野分」は、夕霧の恋情のうちを吹く。それが「平家」になると、「野分」は、はっきりと京中を吹き抜ける。「飆《ひょう》」となるところが、気持ちがよい。心理の枠は外されて了う。社会の枠さえとれて了う。合戦は自然と直《じ》かにからみ合って行われる。私は自分の好みを言うので、説を成そうと思うのではないが、「平家」の語る無常観というよく言われる言い方を好まない。「平家」の人々は、みな力いっぱい生きては死ぬ行動人等であって、昔から「平家」に聞き入る人々の感動も、その疑うべくもない鮮やかな姿が、肉声に乗って伝わって来るところにあったであろうと考えている。

「平家」は、曖昧《あいまい》な感慨を知らぬとは言うまい。だが、どんな種類の述懐も、行きついて、空《むな》しくなる所は一つだ。無常な人間と常住の自然とのはっきりした出会いに行きつく。これを「平家」ほど、大きな、鋭い形で現した文学は後にも先きにもあるまい。これは「平家」によって守られた整然たる秩序だったとさえ言えよう。また其処に、日本人なら誰も身体で知っていた、深い安堵《あんど》があると言えよう。それこそまさしく聞くものを、新しい生活に誘う

「平家」の力だったのではあるまいか。「平家」の命の長さの秘密は、その辺りにあるのではあるまいか。

「平家」の名文という言葉は惑わしい。例えば、「海道下り」は名文だという。だがあの紋切型の文句の羅列を、長い間生かして来たものは、もう今はない検校の肉声であった。逆に、肉声を以って、自在にこれを生かす為には、読んで退屈な紋切型の文体が適していたとも言えるだろう。決して易しい問題ではない。古典の姿とは皆そういうものだ。これに近づくのには、迂路《うろ》しか決して見附かるものではない。

古人の建てた記念碑は、石で出来ているとは限らない。という事は、古典文学にも、私達に抵抗する、石のように固い、謎《なぞ》めいた、黙した姿はあるという事だ。手応えは、手探りによるより他はない。重衡の「海道下り」に、我を忘れて聞き入る人々は、やがて来るのは「重衡斬《き》られ」の事と知っている。知らないのは重衡だけだ。「平家」の語り手は、歴史家の記述では歴史を殺して了う事をよく知っている。だから、彼は俳優のように、歴史を演じてみせる。何んにも知らない重衡の道行きを語ってみせる。彼が越えて行く山か河が、お前は何んにも知らぬと告げる、そういう風に語ってみせる。

人々に聞えて来るのは、この山か河の言葉なのであり、何も語らぬ重衡の心が、漠とした予感でゆらめいているのを、聞くものは感じ取る。これが、記紀の歌謡以来の道行きの伝統の上に、「平家」が開いた新しい境地である。このような整然とした秩序のなかで、細々した自然描写は無用であろう。伊吹山が見えたら、見えたと言えば足りる。大磯小磯を打過ぎてで充分だ。動いて行く重衡の肉体は、もうしっかりと動かぬ自然に触れている。

自然の観照について、細かく工夫を凝らした夥《おびただ》しい文学に比べてみれば、「平家」は、まるでその工夫を欠いているように見える。あの解り切った海や月が、何んとも言えぬ無造作な手つきで、ただ感情をこめて摑《つか》まれる。何処を読んでもそうだ。読んでいるうちに、いかにもこうでなくては適《かな》うまいと思われて来る。宇治や屋島の合戦とは限らない。合戦とも言えぬ「信連」の戦さでも、これは私の大好きな文の一つだが、活写された彼の目覚ましい働きの背景には、彼の働きなどにはまるで無関心な十五夜の月が上る。彼は月の光を頼りに悪戦するので、月を眺める暇はない。しかし、何んと両者は親しげに寄添うているか。

芭蕉は義仲が好きだった。何故この優れた自然詩人が、自然を鑑賞した事など一度もなかった義仲を好んだか。この理由を彼に教えたのは「平家」以外のものではあるまい。「木曾殿と背中合せの寒さかな」は「さてこそ粟津の軍《いくさ》はなかりけれ」と続くのである。

私達は、社会は思うだけ改良できるものだし、自然は心のままに利用できるものだ、という考えに溺《おぼ》れて暮している。しかし、私達の心のなかで、「平家」は死んではいない。

（『考えるヒントＩ』所収）

上宇都ゆりほ（かみうと・ゆりほ）
＊1968年大阪府生。
＊お茶の水女子大学大学院人間文化研究科（博士課程）単位取得満期退学。
＊現在　聖学院大学非常勤講師。
＊主要論文
「日本中世和歌におけるミメーシス」（日本病跡学雑誌）
「藤原定家考―天才形成の構造―」（新宮一成共著、日本病跡学雑誌）［日本病跡学会奨励賞受賞］

源平《げんぺい》の武将歌人《ぶしようかじん》　コレクション日本歌人選　047

2012年6月30日　初版第1刷発行

著者　上宇都ゆりほ
監修　和歌文学会

装幀　芦澤　泰偉
発行者　池田つや子
発行所　有限会社　笠間書院
東京都千代田区猿楽町2-2-3［〒101-0064］
電話　03-3295-1331　FAX　03-3294-0996
NDC分類 911.08

ISBN978-4-305-70647-8 印刷／製本：シナノ
乱丁・落丁本はお取り替えいたします。　（本文用紙：中性紙使用）
出版目録は上記住所または info@kasamashoin.co.jp まで。

コレクション日本歌人選　第Ⅰ期～第Ⅲ期

第Ⅰ期　20冊　2011年（平23）2月配本開始

1	柿本人麻呂＊	かきのもとのひとまろ	高松寿夫
2	山上憶良＊	やまのうえのおくら	辰巳正明
3	小野小町＊	おののこまち	大塚英子
4	在原業平＊	ありわらのなりひら	中野方子
5	紀貫之＊	きのつらゆき	田中登
6	和泉式部＊	いずみしきぶ	高木和子
7	清少納言＊	せいしょうなごん	坏美奈子
8	源氏物語の和歌＊	げんじものがたりのわか	高野晴代
9	相模＊	さがみ	武田早苗
10	式子内親王＊	しょくしないしんのう（しきしないしんのう）	平井啓子
11	藤原定家＊	ふじわらていか（さだいえ）	村尾誠一
12	伏見院＊	ふしみいん	阿尾あすか
13	兼好法師＊	けんこうほうし	丸山陽子
14	戦国武将の歌＊		綿抜豊昭
15	良寛＊	りょうかん	佐々木隆
16	香川景樹＊	かがわかげき	岡本聡
17	北原白秋＊	きたはらはくしゅう	國生雅子
18	斎藤茂吉＊	さいとうもきち	小倉真理子
19	塚本邦雄＊	つかもとくにお	島内景二
20	辞世の歌＊		松村雄二

第Ⅱ期　20冊　2011年（平23）10月配本開始

21	額田王と初期万葉歌人＊	ぬかたのおおきみ　しょきまんようかじん	梶川信行
22	東歌・防人歌＊	あずまうた　さきもりうた	近藤信義
23	伊勢＊	いせ	中島輝賢
24	忠岑と躬恒＊	みぶのただみね　おおしこうちのみつね	青木太朗
25	今様＊	いまよう	植木朝子
26	飛鳥井雅経と藤原秀能＊	まさつね　ひでよし	稲葉美樹
27	藤原良経＊	ふじわらのよしつね（りょうけい）	小山順子
28	後鳥羽院＊	ごとばいん	吉野朋美
29	二条為氏と為世＊	にじょうためうじ　ためよ	日比野浩信
30	永福門院＊	えいふくもんいん（ようふくもんいん）	小林守
31	頓阿＊	とんな（とんあ）	小林大輔
32	松永貞徳と烏丸光広＊	ていとく　みつひろ	高梨素子
33	細川幽斎＊	ほそかわゆうさい	加藤弓枝
34	芭蕉＊	ばしょう	伊藤善隆
35	石川啄木＊	いしかわたくぼく	河野有時
36	正岡子規＊	まさおかしき	矢羽勝幸
37	漱石の俳句・漢詩＊		神山睦美
38	若山牧水＊	わかやまぼくすい	見尾久美恵
39	与謝野晶子＊	よさのあきこ	入江春行
40	寺山修司＊	てらやましゅうじ	葉名尻竜一

第Ⅲ期　20冊　2012年（平24）6月配本開始

41	大伴旅人	おおとものたびと	中嶋真也
42	大伴家持	おおとものやかもち	池田三枝子
43	菅原道真	すがわらのみちざね	佐藤信一
44	紫式部＊	むらさきしきぶ	植田恭代
45	能因	のういん	高重久美
46	源俊頼★	みなもとのとしより（しゅんらい）	高野瀬恵子
47	源平の武将歌人＊		上宇都ゆりほ
48	西行	さいぎょう	橋本美香
49	鴨長明と寂蓮	ちょうめい　じゃくれん	小林一彦
50	俊成卿女と宮内卿	しゅんぜいきょうじょ　くないきょう	近藤香
51	源実朝＊	みなもとのさねとも	三木麻子
52	藤原為家＊	ふじわらためいえ	佐藤恒雄
53	京極為兼	きょうごくためかね	石澤一志
54	正徹と心敬★	しょうてつ　しんけい	伊藤伸江
55	三条西実隆	さんじょうにしさねたか	豊田恵子
56	おもろさうし＊		島村幸一
57	木下長嘯子	きのしたちょうしょうし	大内瑞恵
58	本居宣長★	もとおりのりなが	山下久夫
59	僧侶の歌	そうりょのうた	小池一行
60	アイヌ神謡集ユーカラ		篠原昌彦

＊印は既刊。　★印は次回配本。

『コレクション日本歌人選』編集委員（和歌文学会）

松村雄二（代表）・田中　登・稲田利徳・小池一行・長崎　健